奥様は伯爵家の宝石士
魔法の王冠を
納品するまで離縁は
無理そうです

奥様は伯爵家の宝石士

魔法の王冠を納品するまで離縁は無理そうです

あ　さ　ば　み　ゆ　き

M I Y U K I　A S A B A

一迅社文庫アイリス

CONTENTS

ギルバート・セイナー

ディアマン領を治める伯爵。
怜悧な美青年。
有能な政治家として知られており、
王太子に頼りにされている。
目的のためには手段を選ばない
一面がある。

ティア・アシュリー

片田舎の森にすむ宝石士の少女。
腕利きの職人で、密かに幸せを
呼ぶ守護貴石を作る森の魔女と
呼ばれている。
その一方で世間知らずのせいで、
すぐに騙されて損ばかりしている。

奥様は伯爵家の宝石士

魔法の王冠を納品するまで離縁は無理そうです

Character

イアン・エヴァレット

リアファル王国の王太子。戴冠するときの王冠は魔女の作ったものをと譲らないため、ワガママ王子と言われている。

エスモンド・クラッパム

エリウ王立宝石工房の工房長である子爵。ギルバートの学生時代からの友人。気難しい職人気質な青年。

Words

リアファル王国

宝石士たちが活躍する、宝飾品で有名な国。
魔法の王冠の祝福に守られていると言われている。

守護貴石（アムレットジェム）

節目節目の祝いに大事な人へ贈る、宝石を使ったお守り。

燃石

料理や暖炉の火の燃料となる石。

魔法の王冠（ギフテッド・クラウン）

代々、新王の戴冠式にその時代の魔女が授ける国を護るための王冠。
その王冠によって、大地の穢れから国が守られ続けていると言われている。

イラストレーション◆豆の素

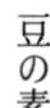

奥様は伯爵家の宝石士　魔法の王冠を納品するまで離縁は無理そうです

Mrs. Crown jeweler & Lord of Diaman

序　石のこえ

燃石(ねんせき)ランタンの灯りを頼りに、少女が坑道を歩いてくる。

闇の中に響くかすかな息づかいと、地下水を跳ねる水音。

行き止まりは樫(かし)の大扉だ。彼女は慣れた手つきでネックレスの鍵を錠前に差し込み、扉を押し開けていく。

だが、急にランタンの光が揺らいで細くなった。慌(あわ)てて息を吹き込むと、幾(いく)ばくか残っていた燃石が再び輝きだす。少女はホッと肩を下げ、再び扉を押す作業に戻(もど)る。

どうやら今度の燃石も粗悪品だ。光が尽きるのがやたらと早いし臭いも強い。祖母が亡くなってから質の悪いのを掴(つか)まされる事が多くなった。

次の買い出しでは、燃石屋の店主にちゃんとしたのを下さいと頼まなければ——と思いはすれど、そんな勇気の要(い)る言葉が出てくるはずがないのは、彼女は既(すで)に自分で分かっている。

入り口の釘(くぎ)に引っ掛けたランタンが、巨大な倉庫を照らし出した。光も届かぬ奥まで据え付けの棚がずらりと並び、そこには少女の先祖が七百年の時をかけて集めた、何千何万を数える夥(おびただ)しい数の宝石コレクションが収められている。

『おはよう、皆』

歌うような不思議な抑揚で、彼女はそっと囁(ささや)きかけた。この国ではもう忘れ去られてしまった古(いにしえ)の言葉だ。すると、鼻先に指の関節ほどの蒼(あお)い光が灯(とも)った。

――おはよう。ティア。おはよう。

石のこえは、蝶(ちょう)の羽ばたきにも掻(か)き消されてしまうようなひそやかさだ。

――おはよう、おはよう。

宝石達の光が波となって通路の奥まで流れゆき、並ぶ棚を、天井を、足下を、大きなうねりになって広がっていく。岩壁に塗り込められた無数のフローライトは、闇に沈んだ天井を七色に輝く星空に変える。

『さぁ皆、今日はどうする？　そろそろ誰かに巡り会いたいと思う石はいるかしら』

――ティア。よばれた。わたしをつれていけ。わたしを。よばれた。

最初に灯ったサファイアの原石の呼びかけに、ティアは瞳を大きくした。

『あなた、ずっと外に出るのを嫌がっていたのに。今日こそは連れてっていいのね？』

見本箱のクッションに彼を収めながら、何かが起こりそうな、予感めいたものが身を震わせる。隣で「あたしも」と蜂蜜色の光が灯った。真昼の陽(ひ)ざしを溶かして固めたようなサンストーンの裸石(ルース)だ。その奥では春色のガーネットが恥じらいながら瞬(またた)いている。

ティアはコレクションから必要なものを必要な分だけ箱へ移す仕事に勤(いそ)しむ。

『ねぇ、今日は歌ってくれないの？　私もそろそろまぜてもらいたいな』

石は気分のよい時、唄を歌ってくれる。ティアの祖母はよく一緒に歌っていたが、ティアはまだ彼らに許されていない。

——き、つ……て、ティア。

アズライトの原石の、か細いこえが耳に届いた。未研磨の石はなおのこと聴き取りにくくて、ティアは棚に背伸びして耳を寄せた。

——きをつけて。きをつけて。

四方八方、皆が同じ言葉を囁き始め、倉庫の空気が不穏に揺らめく。

『何？　何に気をつければいいの？　どうしたの？』

石はそれきり沈黙してしまった。七色の岩壁も見る間に光を消していく。

——石が語ろうとしない事を、しつこく聞きだしちゃいけない。石と人とは世界がちがう。それをわきまえずに石に嫌われたら、二度と答えてはくれないからね。

祖母のたしなめる声が耳に蘇（よみがえ）った。

結局あきらめてそのまま倉庫を出た。どのみち、もうランタンの燃石が尽きてしまう。ティアは迷路の坑道を戻り、ハシゴをつたって地上に顔を出す。

胸をざわめかせたまま、入り口を枝で覆（おお）い隠した。

ここから店までは、陽のある時間でないと歩けない深い森を抜けて一時間かかる。花を摘みながら歩き、途中の野原で三つ並んだ木の杭（くい）に花輪をかけ、膝（ひざ）をついて祈った。

——可哀想な子。

最期にそう涙をこぼした祖母の、乾いた指の感触がまだ頬に残っている。

『大丈夫よ、おばあちゃん。私は幸せだから。石達がいてくれるもの』

いつか自分もこの森で死んだら、土に還り石に生まれ変わる。その時には、本当に独りぼっちではなくなる。早くそのいつかが来ますようにとティアは毎日祈っている。

もう太陽が春の色だ。横切る鳥の影を目で追って、ふと気がついた。

『……赤い星。また出てるわ』

ひと月ほど前からだろうか。空を見上げる度に赤い星が目につくようになった。青空にぽつんと跳ね飛んだ、真っ赤な点。血の染みに似ている。

肩に下げた鞄の中から宝石達の怯える気配がする。

祖母が生きていれば、あの星が何なのかも教えてもらえただろうか。

1　宝石の魔女の誘拐結婚

ティア・アシュリーは耳がいい。

石のこえを聴ける耳は、守護貴石(アミュレットジェム)を扱う職人にとって最も大事な才で、しかも今やアシュリー家の者だけが忘れずにいる力なのだ——とは宝石士だった祖母の談である。

守護貴石とは、このリアファル王国の民が節目節目の祝いに大事な人へ贈る、宝石を使ったお守りだ。常に持ち主に囁(ささや)きかけ、正しき方へ幸せへと導いてくれるという言い伝えがある。

料理の火も暖炉の火も「燃石(ねんせき)」と呼ばれる国特有の資源に頼る「石の王国」では、守護貴石を贈りあう慣習はことさら大事にされている。石がしゃべるとまでは信じられなくても、皆、きっと何某(なにがし)かの効果はあると期待しているのだろう。

しかしティアは、燃石や一度溶かしてしまった地金を除けば確かに石のこえが聴こえるし、彼らはティアの語りかけにも答えてくれる。そうやって石と語らいながら、宝石士として守護貴石を作り続けているのだ。

だが微(かす)かな囁きに耳を澄ますのに慣れてしまうと、たまに訪れる人間の客の言葉は、ハッキリしすぎて鼓膜が痛い。

ティアは今日も首を縮め小さな体を余計に小さくして、カウンター向こうの椅子にふんぞり返る親子の客を窺っている。

「こんなのじゃ嫌。ちっぽけなガーネットなんかじゃ見劣りしちゃうわ。もっと別のにしてちょうだい」

つんと鼻を上げ、デザイン画から顔を背けるのは、今年デビュタントを迎えるご令嬢だ。春の花のように愛らしい彼女は、まだ三つ編みのおさげ髪。前髪は愛らしくカールさせ、くるぶし丈のスカートはレースを幾重にも重ねて、ブルーベルの花のように膨らませている。

対してティアは何の飾りもない黒ワンピースに耐火エプロン一枚きりだ。伸びるままに放置した黒髪で顔面はほぼ覆いつくされ、おずおずと動く口もとしか見えない。

宝石店の店主なのに、自分を飾る物といえば古い銀の腕輪だけ。その手首も年頃の娘とは思えぬ肉付きの薄さだ。

二人は春の精と地面に落ちた影――ほどの落差である。

「で、でもアイラ様。このガーネット、あなたの守護貴石になりたいって言ってマス」

トレイを差し出しながらおかしなアクセントで話すティアに、アイラも父親もあからさまに顔をしかめた。さもありなんだ。ティアはこの話し方と実年齢より五歳は幼く見える外見のせいで、いつも客に不審がられる。

だがティアにとってリアファル語は異国語だ。

なぜこの土地で自分達だけ違う言葉を話しているのか、リアファル語を流暢に操る祖母と二人暮らしの時には不思議にも思わなかったが、彼女が亡くなり、一人で店に立つようになって不便を感じ始めた時には、その理由を教えてくれる人は居なかった。今は普段もリアファル語を使って生活するよう心掛けているが、孤独な暮らしではちっとも上達しない。

「ええと、これ、いくつも使ってお花みたいに並べてみたらキレイ。間を真珠で飾って。地金は、金に銅を混ぜてピンク色を出します。お嬢様の白い肌とバラ色の頰、ひきたちます」

「花のモチーフなんてありきたりだし地味じゃない。その青い大きな原石は？　サファイアかしら。私に似合うのはもちろんだけど、それだけじゃダメなの。派手にパッと目立つようにしてほしいのよ。ディアマン卿の目に留まるくらいに！」

はぁ、と口の中で呟く。

弱りきって背景の窓を見やると、リスが面白がるように尾を振って走り去っていった。

窓まで枝と蔦に覆われ、樫の大木に呑み込まれかけたこのあばら屋は、すでに森の一部だ。こんな立地の店にまで王都エリウの人が訪れるのは、社交シーズン直前の春の入り口だけ。それも街の工房の予約に間に合わず、途方に暮れてここまで流れてきたあぶれ客のみだ。四十雀が春を告げたのと同じ日に、今年もいよいよそういう客がやって来た。

町市場に出向くのも月に一度がせいぜいのティアには、社交界というのは祖母から聞いた若い頃の話、あるいは客から聞きかじった噂話の中だけの世界で、縁が遠い。

しかしアイラの言う「ディアマン卿」はティアでも知っている。なにせこのアシュリー守護貴石店を訪ねてくる貴婦人達は、毎年口を揃えて同じ事を言うのだ。

――ディアマン伯爵の胸を射貫ける、最上の守護貴石を作ってちょうだい！

この土地の領主様はよっぽど魅力的らしい。

客がオーダーする守護貴石は、誕生祝いにデビュタントの祝い、成人祝いや結婚祝いと用途は様々だ。それが指輪であれ首飾りであれ、その人と最高に相性の良い石を使うのだと、ティアは職人の矜持を持って決めている。そのなんとか伯爵の胸を射貫けるかは知らないが。

(だからこそのガーネットなんだけど……、ご本人が気に入らなきゃしょうがないわよね)

途方に暮れて黙ってしまったティアに、父親のほうが手のひらを出した。

「君、ひとまずこの店のカタログを見せてくれ。まずはそれで検討しよう」

「カタログは作ってないです。あたし、石の望むように、お客さまに合うように作るから。できあがる守護貴石、ぜんぶちがくなる。同じ形にはならない」

つっかえながら答えるティアに、紳士はますます唸り、店をぐるりと見回して再び唸った。

「……アイラ、やはりこんなオンボロの店じゃなく、街の宝石工房で作ってもらわんかね」

「いやよ。森の魔女が作る守護貴石は本当に幸せにしてくれるって、寄宿舎で教えてもらったの。秘密の話なのよ。帰ってきたらここにお願いするって、ずっと決めてたんだから」

「なぁ、お父様はね、高級店で作らせた上等の守護貴石をいくつも持ってるが、いまだ爵位を手にする幸せは舞い込んでこないぞ。こんな店で、お父様の守護貴石よりも良いものを作れると思うかね。そもそもこんな子供に依頼するのは心配だよ。お前より小さいじゃないか」

「あ、あたしは十八、」

慌(あわ)てて訂正しようとしたティアには目もくれず、父親は娘に向き直る。

「いいかい、アイラ」

「今回買うのは、社交界でのお前の今後を守ってくれる守護貴石なんだ。年一回の誕生日プレゼントとは違うんだから、ちゃんとした工房で見栄えのする物を作ってもらいなさい。お父様のツテを使えば、空いてる職人に予定をねじ込んでもらえるはずだから」

「余りものの職人なんてイヤッ！　お父様が仕事だなんだって、エリウに来るのが遅くなったのが悪いんじゃない！　だったら王立宝石工房の職人に頼んでちょうだい！」

「馬鹿を言うんじゃないよ。あそこは職人すら全員が代々の貴族様だ。我々のような成り上がりは、門すらくぐらせてもらえないよ」

だんだん熱の入ってきた親子の会話に、ティアはカウンターから身を遠ざけた。

(ど、どうしよう、お茶でも淹(い)れてくる？　だけど粗悪品の燃石なんて点(つ)けたら、お嬢様は臭いで具合が悪くなるかもしれない)

大体今から火起こしするところから始めていたら、お茶を出す前に親子が帰ってしまう。

ティアはおたおたと父と娘を見くらべ、所望されたサファイアの原石に目を落とす。

真冬の夜明けの空を鎚で割りとったような、きっぱりと澄んだ青。確かにこの石は「自分を連れていけ」とティアに話し掛けてきた。少女が目をつけたとおりに、ぱっと視線を惹(ひ)きつける華やかさもある。

しかしティアの勘では彼女にはちがうと思うのだ。

『サファイア、あなたはどうかしら。あなたが守りたいのは彼女で合ってる？』

サファイアはやはり光りも応えもせず、かわりに隣でガーネットが寂しげに瞬いた。

ふと気づけば父も娘も急に静かになって、気味悪いものを窺う視線でティアを観察している。

「……君、今のはどこの田舎の言葉だね。まさか石とおしゃべりしてるとでもいう演出か？お伽話の魔女にあやかって値を吊り上げようと思ってるのなら、相手が悪いぞ。それとも君は悪魔を崇拝する異教徒なのかね」

父親が商人らしく抜け目ない瞳を光らせる。

「い、いえ」

ティアは慌てて両手を振った。

お伽話の魔女。そのフレーズに、むかしむかし……と祖母の声が頭に響いた。

――むかしむかしの事だ。この国の大地は呪われ、穢れていた。

赤黒い土に植えた麦は枯れ、泉は毒であった。そこに病み苦しむ人々を救うべく一人の青年が立ち上がった。彼は救世王アーム・エヴァレット。大魔女ゲアラハより授けられた〈魔法の王冠〉を頭上に戴き、大地の穢れを清めてここにリアファル王国を建てた。そうして魔法の王冠の祝福は、今も、とこしえにこの国を護り続けている。

祖母のかすれた声と一緒に、揺り椅子のきしむ音までもが耳に蘇る。

ティア。魔法の王冠から始まったこの国の人々は、生まれてから墓に入るまで、守護貴石と共にある。

石は優しい。燃石は人を温め、宝石は人を守ってくれる。王様の為(ため)の石も、村に生まれたちっぽけな赤子の為の石も、等しく大切だ。

宝石士はその石を、石の望むカタチにして送りだす。誰かの為に誰かを守る石を。国を護る大魔女の王冠と同じだ。

あたし達の仕事は、なんて誇らしいんだろう。ねぇ、ティア。

仕事を教わる時の祖母はいつも厳しかったが、石に向けるひたむきな瞳は美しかった。石と語る時の作法も石を磨き上げる技も、全て彼女から教わった。ずっと彼女と二人きりだったから、ティアの世界はほとんど全部が祖母で構成されている。

――しかし。

大魔女ゲアラハの伝承が生きていた時代ならともかく、今の時代の魔女は、人を惑わす悪魔の手下かペテン師だ。伝説の大魔女すら、教会では神が遣わした聖女としているらしい。

前に客が「あんた森の魔女って噂されてるよ。教会に睨(にら)まれないようお気をつけ」とティアに耳打ちしてくれた事がある。祖母も魔女と呼ばれるのには神経を尖(とが)らせていた。

疑り深い目で見据えてくる父親に、弁明の言葉を探した、その時だ。入り口のベルが高らかに鳴り響いた。

「おおい、アシュリー！　例のモノはできてるかい」

入ってきたのは町住まいの医者だ。

「あ、は、はい。コンニチハ。できてます。ちゃんと」

「おや、先にお客さんがいらしたとは。これは失礼」

慌てて帽子を外した彼は、先週、生まれたばかりの息子の生誕祝いを任せてくれたのだ。この店の数少ない貴重なお得意様で、自分の為に家族の為にと頻繁に守護貴石を発注してくれる。

ティアは小箱を棚から取り出してきたが、客三人に注目されてしまうとやりづらい。緊張に指を震わせながら、クッションケースを開けてみせた。

濃紺のビロードに横たわる、小さな、小さな指輪。

太陽の色のシトリンだ。

主役の彼女を支え囲むのは、金が耐えうるギリギリの細さまで延べた蔓で、何本も絡み合いながらリングを形成している。蔓には小粒のダイヤを露のように散らした。

春の野に顔を出した太陽が、金の陽で花々を照らし朝露を輝かせる――。赤ん坊にシトリンを握らせたとたん、そんな光景が頭に浮かんだのだ。そう、これは一日の始まりを喜び祝う、朝陽の指輪だ。

恐る恐る目線を上げると、店の中はしんと静まっていた。

「……きれい……」

最初に聞こえたのは、アイラのうっとりとした吐息まじりの声だ。彼女は椅子から落っこちそうなほど身を乗りだして指輪に見入っている。お行儀が悪いぞと叱りそうな父親までもだ。

医者自身も言葉を忘れて動かない。

気に入ってくださったようだと安心すると同時に嬉しくなって、ティアは肩から力を抜いた。

「これを君が作ったのかね。これを、君が？」

父親のほうに二度聞かれ、ティアは頷く。

宝石庫の鉱石を集めてくれたのはティアの先祖だが、この指輪はデザインから製作まで全てティア自身の手によるものだ。

「いやぁ、ありがとうな。あんたのおかげで無事に結婚できて息子も生まれて、めでたい事続きだ。知る人ぞ知る『幸せを呼ぶ森の魔女の守護貴石』ってのは本物だな！　お嬢様もあんまり広めないでくださいよ？　この店が頼みづらくなったら困っちまいますから」

医者はティアの手に銀貨を一枚握らせた。輝くクロッホ銀貨の重みに、ティアの大きな瞳はますます大きくなる。これがあれば、次に市場へ行った時ちゃんとした燃石を買える！

「ありがとうございます！」

「またよろしく頼むよ」

彼は手を振って踵を返すなり、何かに肩をぶつけた。いつの間にか新しい客が入ってきていたらしい。

「なんだ、アンタ」

言いさした医者は言葉を止め、ティアも銀貨を引き出しにしまう手を凍りつかせた。

最新式のスリムなテイルコートをまとったその若い男は、ハットのつばも持ち上げず医者を冷ややかに見下ろしている。

歳(とし)は二十を越えたあたりだろうか。熟練の腕が切りつめて磨きあげた宝石のような、研(と)ぎ澄(す)まされた怜悧(れいり)な顔立ちだ。アイスブルーの瞳は、ティアの手元のサファイアとそっくり同じ稀有(けう)な色で、髪はホワイトブロンド。黒一色の服との対比で、この世ならぬ冴(さ)え冴(ざ)えとした美しさが際(きわ)だっている。

この人自体が、まるで宝石。光を乱反射するまばゆいサファイアの化身だ。

一目で分かる。出(い)で立ちからも身から滲(にじ)む気品からも、間違いなく大貴族だ。

(どうしてこんな店に、貴族様が)

彼らが市井(しせい)の店で守護貴石を注文する事はない。貴族の為の王立宝石工房が、王都に巨大な店を構えているはずだ。

医者はたじろいで足を後ろに引き、ティアは目を疑って幾度も瞬(まばた)きする。アイラ親子も呆然(ぼうぜん)としたまま動かない。

蒼(あお)い氷の瞳が、ゆっくりとこちらを向いた。圧力を感じるほどの強い視線は店の中を一周して、医者の手のひらに定まった。

「借りるよ」

サファイアの精霊は小箱を取り上げ、勝手に蓋(ふた)を開けてしまう。

「……ほう。これが噂の、森の魔女の作品か」

長い睫毛(まつげ)を瞬かせて中身に見入る彼に、ティアは自分自身が検分されているような居たたまれない気分になって、小さく身を縮めた。

「はるばる領地の北の果てまでやって来たのは無駄ではなかったらしい。デザインは古めかしいきらいがあるが、技巧は素晴らしい。見たまえ、この繊細な蔦に無数に打ち込まれた極小の丸粒を。蔦一本にこの手間だぞ。分かるかね、このかすかな陰影が生き生きとした躍動感を与えているのだ。その上ここまで正確に整った打刻は初めて見たな」

彼は優雅に唇を持ち上げて笑みを深くする。その堂々と端正な発音。ティアもこんなに美しく耳に心地いいリアファル語は初めて聴いた。

彼は医者の手へ丁寧に箱を戻した。

「石の品質、カッティング、デザイン、彫刻、どれも特級だ。それにこの極小ダイヤの精緻な石留め。この作品が銀貨一枚？　まさか！　このペラペラのコートでは稼ぎも知れようが、君は守護貴石を買うのは初めてなのかね。この歳まで物の価値も知らぬとは、哀れな男だ」

ゆっくりとあざといほどの抑揚をつけてしゃべるその声すらも、麗しい。しかし医者のほうはみるみる顔面から血の気が引いていく。

「いいかい？　君が支払って恥ずかしくない代金は、四十カーリグ。決してニシン一尾買って消えるような金額ではない。八百倍の、四十カーリグだ」

「そ、そんな。それじゃ年の稼ぎの半分も……」

「君はそれほどの作品を、愛しい息子に贈る事にしたわけだ。賢明だな。彼はこの太陽の石に守られて輝かしい人生を送るだろう。それとも私が買い取ってもいいのだが、どうするかね」

医者の薄い白髪頭が、今度は見る間に地肌まで赤く染まっていく。彼はすっかり観客と化していたティアとアイラ親子に目を向け、大きく息を呑み込んだ。

「アシュリー！　あんたが先に値段を決めてれば、こんな大恥をかかずに済んだんだぞ！」

カウンターに紙一枚を叩(たた)きつけた彼は、出て行こうとして再び悲鳴を上げた。貴族様の従者と思(おぼ)しき男達がずらりと玄関に控(ひか)えていたからだ。

激しい音でドアが叩きつけられた後、ティアは残された長方形の薄紙に目を落とした。

「な……なにこれ？　困ります、これお金じゃない！　あたし、さっきの銀貨のほうがっ、」

「あなた、これは小切手よ。知らないの？」

アイラに怪訝(けげん)そうに眉をひそめられ、ティアも弱りきった顔を返す。

「小切手？　これお金？」

「町の銀行に行けば、お金に取り換えてもらえるわ」

「銀行……ですか」

縁遠くて入った事がないし、おそらく入店してもつまみ出される。

呆然としていると、白手袋の指がティアから小切手を取りあげた。

目の前にサファイアの精が立っている！

「ヒッ！」

「私が処理しておこう」

紙の代わりに従者経由で手のひらに載せられたのは、ずっしりと重たい布袋だ。恐々(こわごわ)と中を覗いてみれば、山ほどの金貨！

（嘘でしょ。おばあちゃんがいた時だって、こんなすごい金貨は見た事ないわ）

「あ、あたしっ、こんなにもらっていいい!?」

「あの作品の作り手への、正当な対価だ」

ティアは目をチカチカさせながら、実感の湧かぬまま袋の口を閉じる。

これを持って市場に行けば、たぶん何でも買えてしまう。まず何より上等の……までは必要ないが、普通の燃石が欲しい。シーツも穴が空いているし小麦粉も底を尽きそうだ。いつもうらやましくて眺めるだけだった棒砂糖を買って、久しぶりに溶かしバターの甘いクレープも焼ける。町の宝石工房へ偵察に入るのも遠慮しなくていい。最新デザインのカタログや森の倉庫にはない最新の鉱石を見せてもらったり――、もしかしたら買って帰れるかもしれない！

ティアが夢を思い描く間に、麗しき大貴族様はアイラに目を向けた。彼女は椅子の上で小さく跳ねる。

「騒がせましたね」

アイラは壊れたカラクリ人形のように激しく首を横に振った。

「とんでもございません……っ」

「あいにくこの店の職人は、この先ひと月の予定が埋まっているのです。あなたには王立工房を紹介しましょう。工房長のエスモンド・クラッパムは私の友人です。きっと、あなたの愛らしいヘーゼルの瞳を引きたてる守護貴石を作ってくれますよ」

彼は白手袋でアイラの手を取り、キスを落とす素ぶりをする。少女は耳まで赤く染めて夢見心地の吐息を漏らした。

「……ディアマン卿」

「この人が!?」

不躾な声を上げてしまった。親子にぎろりと叱る目を向けられて肩がすぼまる。

(でもっ、この人がディアマン伯爵！　お客さん達が噂してる、ここの領主様だ！)

なるほど噂どおりの、否、それ以上に凄まじいまでの美貌だ。今まで見知った人間とは存在感の格が違う。一生会う事もないと思っていた本物を目の当たりにするなんて、今日は何て日だろう。少し前に森の地下倉庫で石がざわめいたのは、彼の来訪を予感していたのだろうか。

親子は伯爵と数言を交わし、丁寧な挨拶をして店から出ていってしまう。

伯爵と二人きりで取り残されたティアは、サッと青ざめカウンターの奥に身を引いた。

ティアは美しいものが好きだ。花冠に編んだ野の花や、春の川のせせらぎが好きだ。夏の陽の煌めきや、むせ返る緑の色が好きだ。秋には赤く色づく森の中で木の実を集める。冬には湖をたゆたう薄氷をすくってみる。その美しさを宝石達に託して、永久不変の美を創り上げるのが好きだ。

(だけど、人間の美しいのは話が別よ)

石はいつもティアに優しいが、人間はむしろ逆だ。得体の知れないものを見る目で眺めてきたり、指をさして嘲り笑ったり、市場の人はもちろん客でも怖い。好きなものと苦手なものを一緒くたにしたこの貴族様に、どう向き合えばいいのか分からない。

「小間使い。店主のティア・アシュリーを呼んでくれ」

「へ？　こ、小間使い？　あたしに何か御用でも……」

　前髪の隙間から覗いてしまったら、戦慄するほどの美貌が微笑んでティアを見つめている。

　美しさの暴力に両眼を灼きつけられたティアは、ギャッと悲鳴を上げた。

「君ではない。さっきの指輪を作った腕利きの宝石士だ」

「だ、だからっ、あたしが店主です。宝石士のアシュリー」

「かばいだてすると君の為にもならないぞ。そんなみすぼらしい格好で店番に立たされて、たいした恩義もないだろう」

　いえ本当にと震え声で返すなり、彼は長い指を鳴らした。とたん、従者の面々が荒々しく中に踏み入ってくる！

「えっ、えっ？　なに⁉」

　ティアはカウンターの下に頭を引っ込めて避難する。

「時間を無駄にできん。出さないのなら、こちらで捜させてもらうまでだ」

　伯爵はステッキを立て掛け、悠然と丸椅子に腰を下ろす。

　まるでお茶が出てくるのを待つような様子だが、ティアにもてなす心の余裕はない。従者達はティアの横を通りすぎ、狭い店のドアというドアを開け、裏の工房や作業机の下、勝手にハシゴをのぼって二階の生活スペースまで家捜しを始めている。天井からは硬い革靴の大きな足音が響いてくるし、食糧貯蔵庫からも「閣下、おりません！」と勇ましい声が轟いた。

森の宝石庫の場所を気取られるような物は置いていなかったと思うが、心配になってきた。ネックレスにして下げている秘密の鍵を、服の上から握り込む。もしもこれを奪われたら、宝石士としての仕事が立ち行かなくなるばかりか、なにより何百年の時をかけてコレクションを作ってくれた先祖に申し訳が立たない。

（な、なんとか家捜しを止めてもらわなきゃ）

だが一人暮らしでは自分が自分だなんて立証しようがない。せめてもっと言葉が上手なら説明できただろうに、圧倒的に語彙が貧弱だ。

――と、伯爵のステッキが目に入った。持ち手が猟犬の頭になっていて、横顔の瞳に赤い石が埋め込まれている。

「そ、それっ。猟犬の瞳、ルビーじゃなくってスピネルです。レッドスピネル。どの角度から見ても色が同じに見えるのはスピネル。ぱっと見は似ているけど、本物のルビーだったら光を二つに分けるから、角度を変えたらオレンジやピンクが混ざって見えるっ！」

「――ほう」

伯爵は眉を跳ね、立ち上がってステッキを取った。その手が愛おしむように猟犬の頭を撫でる。

「よく分かったな。王太子殿下から賜った大事な物に変わりないが、確かにスピネルを嵌めたと王立工房から聞いている。……なるほど、ならば君がティア・アシュリーなのか」

彼は改めてティアの頭のてっぺんから爪先までを、しげしげと観察してくる。ティアが粗悪品の燃石より固くなると同時に、あちらの美貌も不機嫌なしかめ面に変わっていく。

「このディアマン伯爵ギルバート・セイナーが幼女趣味だと思われたら、どうしてくれる」

呻（うめ）くように呟（つぶや）いた彼のサファイアの瞳が、猟犬の鋭い眼に変わってティアを見下ろした。

「ティア・アシュリー。この店は違法営業だ。君は宝石士の資格を取ってない。営業申請もしていなければ税金も払っていない」

「へ……、ゼイキン？　なんですかそれ？」

そんな言葉、祖母は教えてくれなかった。

カウンター下から目を瞬くティアを、彼は鼻を鳴らして笑った。

「脱税だ。よって身柄を拘束させてもらう」

冷ややかに宣告すると、カウンターごしに腕を突っ込んでくる！

「ひゃあっ⁉」

むんずと首根っこを掴まれた。子猫を持ち上げるようにカウンターから引きずり出される。

「撤収するぞ。信じ難いが、これが森の魔女、ティア・アシュリーだ」

「な、なにっ、なにっ⁉　やめてください！」

にわかに激しくなった従者達の動きに、ティアは目を白黒させる。

（「やめて」って言葉、通じてない⁉　合ってるわよね⁉）

小荷物のように抱えられ、あれよという間に店の前に停まった馬車まで運搬された。扉に描かれた小冠と猟犬の伯爵家紋章に戦慄するが、逃げる隙もなく中に放り入れられてしまう。厚手のクッションがティアの背中を柔らかく受けとめた。

「領主様、待って！」

叫んでも待ってくれるどころか、ディアマン伯爵が身をかがめて入ってくる。彼はティアの隣に腰を下ろし容赦なく扉を閉めた。

「出発だ」

短い命令に、御者が馬に鞭を入れる。音を立てて車体が動きだした。

「あたし家に帰るっ。帰してください！」

訛りが強すぎてリアファル語が通じていないのだろうか。血相を変えて大声を出すと、サファイアの瞳がじろりとティアを睨め付けた。

後ずさりした背中にガラス窓が当たる。車輪が樫の根を踏み越えて大きく揺れた。

伯爵の横顔の向こう、窓ごしに「アシュリー守護貴石店」の看板が遠ざかっていく。

（た、助けて石達！　私、ダツゼイで処刑されるんだわ……！）

唯一の友に祈っても、石には助けてくれる腕も駆けつけてくれる足もない。

我が家が木陰に見えなくなったとたん、いつも石の事しか考えていないティアの頭は現実を受け入れる事を拒否したらしい。ふつっと意識が途絶えてしまった。

※

見知らぬ天井の下で目を覚ました。

腕を突いたソファの柔らかさにギョッとして、思わず手を引っ込める。ソファの下に置かれていた布鞄に飛びつくと、ティアの宝石サンプルの見本箱や工具、それに大事な祖母の本まで、そっくりそのまま入っている。ほっと息をついてから、ようやく周囲を見まわした。

『……ここ、どこかしら』

薄暗い、大きな部屋だ。真紅の生地が一面にはりこまれた壁に、巨大な肖像画。クリスタルのシャンデリアが四方の壁に透明な影を投げて輝いている。

ティアはソファから立ち上がった。

暖炉にも椅子にも、あらゆる調度品に素晴らしい彫刻が施されている。まるで新聞や雑誌の華やかな挿絵の世界だ。夢にしてもあまりに豪奢すぎる。

暖炉の林檎の彫刻に恐る恐る触れてみたが、まだ夢が覚めてしまわない事に安心して、今度はしっかりと撫でて手触りを確かめる。鷲の羽の細かな彫りこみに感謝しながら指を這わせ、次は壁一面をくりぬく大窓に目を向けた。

(あんなに大きな一枚ガラス、どうやって造ったのかしら)

——なんて、そんなの夢の中では無用な疑問だわとティアは自分を笑う。

窓ガラスの向こうは霧に煙る夜空だ。どうやらここは二階らしく、見下ろす位置に赤い火が点々と揺らめいている。燃石ランプの頼りない灯りよりも、ずっと眩しい光だ。あれは何が輝いているのだろう。今は魔女のいない世だと知ってはいるが、頭に浮かんできたのは、お伽話の絵本で魔女が火を操り、守護貴石を鍛金する場面だ。

「まるで魔法の炎だわ……」

うっとりと呟くと、

「魔法ではない。街灯だ。君は今まで一度も見た事がないのか？」

背後から誰かの声が答えた。

「ガイトウ？」

その単語は聞いた事がある。しばらくぶりに思い出した。

まだ祖母が生きていた頃だ。夕方に到着した客が、王都エリウには「街灯」なるものが設置されて、夜の闇を殺せるようになったのだと語った。街灯の光源は燃石を気体化させた燃石ガスだそうだ。燃石を気体や液体として安定させる新技術が発明されてから、王都は目覚ましい発展を遂げている。もうアシュリーさんの知っているエリウではないよ。いつかはこの森まで街灯が届いて、夜も安心して暮らせるようになるといいねと。

(その「街灯」がある街という事は……、じゃあここは)

寝ぼけた頭が急に動き出した。華美な調度品、道を照らす街灯、こんな物がある場所は——。

「ここ王都!? いつの間に、なんでエリウにっ！」

「いつの間にでもない。気絶した君を乗せたまま、ディアマン領の森から町々を通りすぎ、私の城で馬を交代して王都エリウの屋敷へ。——君は四時間ぐっすりだった。森の魔女は随分とお疲れのようだな」

彼――ティアを誘拐したサファイアの精が、コートを脱ぎながら部屋に入ってくる。

一歩遅れて、なぜか教会の主教らしき老人まで現れた。彼は暑い時期でもないのにしきりに額の汗をぬぐい、ティアを哀れみの目で盗み見てくる。

ティアは主教を唖然と眺め、領主様に目を移し、最後に自分の頬の肉をつねった。痛い。

(夢じゃない！)

ティアは肺いっぱいに空気を吸い込み、窓ガラスに背を押しつけた。

(まさか私、これからダツゼイで処刑されるの？　最期のお祈りの為に主教様が呼ばれた？)

伯爵はこちらの警戒など知った事かという顔でまっすぐに近づいてくる。少しの距離を残して立ち止まった彼は、ティアの身長では胸にも届かない長身だ。自分を見下ろす何の温度もない瞳に、心臓がにわかに激しく脈打ちだす。

「ティア・アシュリー。ここにサインを」

文字で埋め尽くされた紙一枚を突きつけられて、とっさに受け取ってしまった。

「契約書にサインすれば、脱税については不問にしよう。そこのテーブルを使いなさい」

さぁ、とテーブルへの道を空けられた。

同じような紙を客から書いてくれと渡された事がある。守護貴石の値段を後で吊り上げられたら困るからとかなんとか言っていたが、今そのケイヤクショが出てくるのなら、これは仕事の話なのだろうか。

「つまり処刑しないかわり、あたしに守護貴石作れって事です？」

「処刑？　……まぁいい、まずはサイン。話はそれからだ」

そういうものなのか。都会の作法など知らないティアは、首をひねるばかりだ。

（でもエリウには王立工房があるのに、なぜ私に守護貴石の発注を？　罪を許すのと引き替えにタダ働きさせよう……ってわけじゃないわよね。貴族様なんだからお金の心配はないもの）

訳の分からない事態に眩暈がしてきた。しかし有無を言わさぬ伯爵の視線に促され、テーブルにのっそり近づく。

羽ペンをインク壺につけて紙に目を落とすと、契約書の細かな文字の連なりの下には、流れるような筆致の伯爵様のものらしきサインが書き込まれている。ティアはペン先を彷徨わせた末に――、自分の為にあけられた空白に、ゆっくりゆっくりと手を動かす。

「よし。よく書いてくれた」

いつの間にか横に立たれていた。その笑みを含んだ言葉が、途端に息を引ききる音に変わる。

「君は私を馬鹿にしているのか。なんだこれは」

ティアが書いたのは、丸に点二つ、上半分を黒く塗りつぶした――似顔絵だ。

「これ、サイン。あたしの」

「……ほう」

低い声が耳に響いた次の瞬間、背中を抱くようにして上から手を掴まれた。

「ティアの綴りは『涙』か？　『階段』のほう？　それとも『愛してる』の短縮かね」

「あ、え、ええと、最初の？」

手袋ごしの冷たい手の感触も、背中に感じる彼の温もりも、ティアには刺激が強すぎる。だが彼は石より硬くなっている田舎娘など気にも留めず、手ごと操ってサインを書きつけていく。その文字がやたらと立派に映る。

「これで契約成立だな」

伯爵が紙を渡すと、主教は弱り果てた顔で頷いて退出してしまった。伯爵は一仕事終えた顔で息をつき、悠然とソファで足を組む。

「では君は向こう一か月、この屋敷で暮らしてくれ。その間、エリウ王立宝石工房で、ある作品の製作に取り組んでもらう。報酬には森のあばら家を最新式の邸宅に建て替えられるだけの賃金を出そう。悪い話ではないだろう？　ただし、ひと月で完成しなければ国が滅びると思って、死ぬ気でやってほしい」

ティアはとっさに言葉が出てこず、瞬きで返事をする。本当に仕事の話だった。

「な、なんでわざわざあたしに発注を……」

「依頼主がどうしても、森の魔女の作品がいいとおっしゃるんでね」

実際の依頼主はこの伯爵ではなく別の人なのか。アイラ嬢のように「幸せを呼ぶ守護貴石」という噂が耳に入ったのかもしれない。そういう事情なら守護貴石を作るのはやぶさかでないが、ここに一か月も留まるなんてまさか無理だ。ティアはぶるるっと大きく首を横に振る。

「家はあのままでイイです。あたし帰ります。仕事なら森の店でやる」

「王立工房に出入りできるんだぞ？　宝石士には憧れの職場だろう。しかもひと月きりの我慢で、暮らし向きも楽になる」

「あたしは今の暮らしで充分。それにそんな長い間、森のお店をしめてるワケにいかないです。うちの石達がかわいそう」

伯爵は理解不能といった困惑の顔でまじまじと見つめてくる。しかし正気を疑いたいのはむしろティアのほうだ。

（私、聴きとり間違ってるんじゃないわよね。よっぽど大事な席で贈る守護貴石なのかもしれないけれど、国が滅びるつもりで作れなんて、都会式の大仰なジョークなの？）

そのうえ気になる事がある。

「王立工房って貴族の人しか入れないって聞いてる。あたし、そんな身分じゃない」

「そう。だからこその契約書だよ。まぁいい、明日説明しがてら工房へ案内しよう。今日は早く休んでおきなさい。食事と――、いや、その前に浴室だな。この部屋は君に与えるから好きに使ってくれ。必要があればメイドを呼ぶように」

口を挟む間もなく語り終えた伯爵は、すぐさま立ち上がる。随分と忙しい人だと唖然と見送っていると、彼はドアの前で一度振り向いた。

「ティア・アシュリー＝セイナー」

自分の姓名に大仰なファミリーネームがくっついているのは、これもジョークなのか。

へ、と動きを止めたティアを、彼は冷ややかな流し目で嗤った。

「励んでくれたまえ。このディアマン伯爵のひと月かぎりの妻として」

「妻……。そ、それって、お嫁さん⁉　あなたの⁉」

「結婚契約書にサインをしただろう。今さら何に驚いている。これで君は堂々と王立工房に出入りできる階級（クラス）を得たわけだ」

（何を言ってるの、この人……！）

心臓発作を起こしそうなティアを置き去りに、彼はさっさと部屋を出て行ってしまった。

「こっ、これは大切！　持ってかないで！」

ティアが慌(あわ)てて両手で握りこんだネックレスに、メイドは顔をしかめた。

「困ります、奥様。せっかく浴室を使われた後でそんな薄汚い物を身につけられては、旦那様の前にお出しできません。わたくしの責任問題ですわ」

「ドレスの下に隠すから。だいじょぶです」

急いで言い足して、自分で下着の中に押し込む。

彼女はこれ見よがしな溜息(ためいき)をつくが、必死の形相のティアを説得するのも面倒だったのだろう。あきらめて身支度の続きを手伝ってくれた。

「森の魔女」の体がここまで小さいと思っていなかったのか、用意されていた大量のドレスはどれも大きすぎた。応急処置で裾や袖を留め上げる余計な手間までかけてしまったのも、彼女の不機嫌の一因かもしれない。

「……このドレス、すごく高そう」

思わず呟(つぶや)いたティアに、メイドは何を当然の事をと鼻を鳴らす。

最も地味なドレスを選んだはずだが、それでもレースやリボンで飾り立てられた装飾の華やかさに目を焼かれそうだ。

実際、伯爵の屋敷の暮らしぶりには驚かされてばかりだ。

最新型の手持ちランプは眩(まぶ)しいほど明るく、しかも臭いがない。観察したところ、ランプに満たされた液体燃石(ねんせき)に、火口(ほくち)となる固形燃石の欠片(かけら)をレバーで落として発火させる仕組みになっているようだ。根元のコックをしめなければ、そのまま一晩でも二晩でも輝き続けると聞いた。

風呂はパイプから湯気の立つお湯が出てきて、沸かした湯を桶(おけ)で運ぶ手間もない。ベルの紐(ひも)を引くと、どこからともなくお仕着せ姿のメイドが現れるし、昨日の夜も今朝もテーブルに無尽蔵の料理が並んだ。

麦酒(エール)とポタージュ二種のスープ、ローストポークに、ひき肉の詰まったヤマシギのパイ。何よりティアが目を輝かせたのは、フルーツを工芸的センスで飾りたてたベリーのプディングだ！　シロップの染みた生地を割れば、ドライフルーツが贅沢(ぜいたく)にごろごろと転がり出てきて、舌がとろけるくらい甘かった。あんな甘いものを食べたのは生まれて初めて！

ティアの普段の食卓は黒パンと畑の野菜、森の木の実やたまに罠(わな)にかかった小動物の干し肉で構成されている。それとは比べ物にならない、まさしく魔法の世界の食べ物だった。

そしてこの王都エリウの街もだ。

「わあ……！」

なんて大きな通りだろう!

ティアは馬車の窓に貼りつき、昨夜は屋敷の二階から見下ろした「街灯」を、今度は下から見上げる。魔女の火のようだったあの妖しく揺らめく炎も、太陽の下で正体を現せば、長い棒のてっぺんにガラスの小箱が据えられているだけだった。

「領主様。ガラスの中の丸い筒、なに?」

「ガス管だ。道路の地下にパイプが通っていて、燃石ガスを街灯に届けている」

「ガスカン。でもあんな輝き、ものすごい高温でしょう? なんでガラスの箱が溶けない?」

「あれは、クリスタル製の耐熱ガラスで出来ているからな」

「クリスタル製! なら千度で燃したって燃石の火じゃ溶けないね。それに今日はなんでこんなに人も馬車もいっぱいなの? 五月祭にはまだ早いけど、お祭りがあります?」

「いつもこの程度だ」

アイロンのかかった新聞をめくりながら、夫は一応返事をしてくれる。妻なのだから、ギルバートと名前呼びで

「その呼び方は変えてくれるか」

「ギルバート——様?」

「様もいらない」

「ギ……、ギギギギギルバート?」

「君は蝶番の錆びたドアかね」

彼は新聞から目も上げない。

(だけどこの人だって「君」ってばかりで、一度も私の名前を呼ばないじゃない)

伯爵の馬車は緩やかなカーブに沿って朝の大通りを滑っていく。

霧の向こうには、肩を寄せてひしめく建物、建物、建物。二階三階の白亜の壁に、空を貫く尖塔。整備された公園。通行人を見下ろす聖女ゲアラハや天使の彫像。

すぐ横を二階建て馬車がゴトゴトと大きな音をたててすれ違う。雨ざらしの二階で窮屈そうに座っているのは、ハットをかぶった上品な紳士達だ。

(あんなに重たそうな荷台を引っぱって、馬も大変ね)

建物も道行く人達も、みな飾りたてられて色とりどりの宝石みたいだ。

隙あらば脱走して森まで帰ろうと画策していたが、これは無理だ。歩くだけで圧倒されて、きょろきょろしている間に捕まってしまう。

「着いたぞ。ここがエリウ王立宝石工房。君の職場だ」

馬車を降りると、ひときわ立派な建物がそびえ立っていた。

巨大な看板を抱く白煉瓦のアーチ玄関は、彫刻が繊細すぎて細かなところが目視できない。中央の王冠の装飾は、建国のお伽話で語られるゲアラハの授けた魔法の王冠だろう。リアファル王国全土でこの工房しか飾ることのできない、王立工房の証しの紋章だ。

「これが王立工房……。おっきい建物だ」

右を見ても左を見ても壁の途切れ目がない。遠い屋根から突き出るいくつもの煙突から、白煙がもうもうと噴き出している。こんなに煙が出るほどの巨大な火床があるのだろうか。

あんぐり口を開けて眺めるティアに、伯爵が手を差し出した。

「えっと」

（なにか寄こせって事かしら。でも通行証なんてメイドさんから渡されてないわ）

慌ててドレスのポケットを探すが、ポケット自体がない。なんて不便な服だ！

「君の手を、のせるんだ。ここに」

渋面で耳に吹き込まれてしまった。

白手袋の上にちんまりと手を置かせてもらい、転びそうになりながら、エスコートしてくれる伯爵に足並みを揃えた。

工房の扉に控えていた警備員が、二人を見比べてぎょっと両目を見開く。

ドレスを着てみたところで、生まれながらの高貴な空気なんてものが一朝一夕に身につくはずもない。大体先ほどから蹴つまずいてばかりで挙動がおかしいのに、これで貴族以外立ち入り禁止の工房に入れてもらえるほうが不思議だ。ティアは肩を掴み止められる覚悟で、両目をつぶってステップを上りきる。

しかし警備員は困惑しながらも、扉を開けてくれた。

「おはようございます。今日もよい朝ですね、ディアマン卿。そして……ええ、ミス」

「お、おはようございます？」

伯爵が歩調を緩めないから、勇気を用意する間もなく扉の内側に入ってしまった。

——中は、広大なホールだ。

大理石の床には分厚い絨毯。天井は壮大な吹き抜けの造りだ。巨大なシャンデリアは逆さまに咲いたクリスタルの華のように、下を通るティア達に光の花びらを投げかける。

従業員はギルバートに足を止めて挨拶してくるが、いちいち挨拶を返そうとするティアを、彼のエスコートの腕がさりげなく急き立てる。

連れていかれたのは、螺旋階段を上りきった先、奥の大扉だ。

「わぁ……っ！」

扉の向こうに覗く光景に、感嘆の声が漏れた。

ドーム型の高い天井から吊り下げられた、十個、いや、二十個は数えられるシャンデリア。同じ数だけ送風扇の羽が回り、熱気を掻き混ぜながら低い唸り声を上げている。

ホールに整然と並ぶのは、頑丈そうな作業机だ。壁に掛けられた無数のタガネやペンチの工具。煙突付きの暖炉には、目を疑うような大きな燃石が赤々と燃えている。馬鞍型の金床でハンマーを振るう人に、研磨用の手回し旋盤を回す人。制服のエプロンをつけた職人達がホールを忙しく行き交う。

（なんて巨大な宝石工房！　森の店がこの中にいくつ入っちゃうかしら。あの銀を焼きなましてる人、手に持ってる細い管は最先端の道具？　あんなの見た事がないわ）

パイプの先から火が噴き出る様子は、まるで絵本の魔女の火そのものじゃないか。ティアは息をするのも忘れ、前のめりになって工房を歩く。恐ろしさと物珍しさの間で揺れていた胸の天秤が、完全にわくわくするほうへ傾いた。ここで働くなら、あのパイプも使わせてもらえるのだろうか。早く森に帰りたいのに、こんな工房を見せられたら職人の血が騒いでしまう。

「すごい！　ギルバート、ココすごいね！」

感動を表現する語彙力のなさが悔やまれるが、ギルバートは満足げに頷いてくれた。

「もちろんだ。宝飾品と燃石の製造加工は、リアファル王国の主要産業。そしてこの工房には文化の粋が全て集められている。三十余名の宝石士が働き、中でも腕の良い五名が最高位のクラウンジュエラーとして名を連ねている。彼らの技と知恵は、この国の宝だ」

「ここに、三十人も職人さんが」

「三十人もではなく、三十人だけだな。王都だけでも宝石士の免許を持つ者はおよそ二千人いるが、王立工房は才能を認められた貴族の子弟にのみ開かれた狭き門だ。ここでは、本国と友好国の王侯貴族の為の守護貴石のみを請け負っている」

「ええと、お金持ちによる、お金持ちの為の守護貴石工房って事ですか」

「――貴族は金があるが、金持ちが貴族なわけではない」

吐きすてるように返されてしまった。下手な事を口にしたらしいと、ティアはさりげなく彼から距離を取る。

しかし気になるもの珍しいものばかりで、三百六十度、目もときめく心臓も忙しい。

「本来働く必要のない貴族がこうして勤めるのは、国を護る守護貴石を作る為だ。貴族のルーツは王に命を捧げた騎士。王立工房に勤めるのは高貴なる者の義務と言っていい」

高貴なる者の義務。初めて耳にする重々しい言葉に目を瞬き、足を速めて彼に追いついた。

「エラい人は、大変だ――デスね」

横から覗きこむと、彼は冷ややかにティアを見下ろした。

「君、その正しくない発音も文法もどうにかならないか。今までよく店をやってこられたな」

「あたし、おばあちゃんと昔の言葉でしゃべってたから、こっちの言葉、おかしいみたい？」

「昔の言葉？　それはどこの――」

「卿！　そのぶかっこうな野ネズミはなんですか！　まさかあなた本当にソレと……！」

長身の男が、靴を荒々しく鳴らして駆け寄ってきた。

ギルバートよりも更に背の高い、狐のような細目の職人だ。彼がこちらを睥睨してくる視線には、あからさまな嫌悪が満ち満ちている。

気圧されたティアは二歩三歩と下がり、しまいにギルバートの背に隠れた。

「紹介する。チャーノック男爵エスモンド・クラッパム。彼は若くして祖父からクラウンジュエラー筆頭を継ぎ工房長となった、希代の天才宝石士だ。エスモンド、こちらは……おい君、出てこい」

首根っこを掴まれて、ひょいとエスモンドの前に置かれてしまった。

「私の妻。ティア・アシュリー＝セイナーだ。正式に」

妻と紹介された事に、ティアは顔面が強張る。しかしティアよりも向かいのエスモンドの方が全力で顔を歪めた。

「しっ、信じられない!!　まさかあんた、本気でやるなんて……っ！」

叫んだ彼は、周りから視線が集まったのに気づき、大きな咳ばらいで平静を装った。

「いや。皆、大声を出してすまなかった。作業を続けてくれ。僕は少し席を外すから、来客があったらコールを頼むよ。――卿、部屋を変えましょう」

「おや。祝ってもらえないのかね。私はここの職員をみな家族と思っているんだが」

「家族だからこそ心配してるんじゃないですか。こんなちんくしゃな野ネズミがあなたの妻だなんて、この工房の職員はもちろん、熱烈な信者のご婦人方が卒倒しますよ」

回転中の旋盤みたいに早口にしゃべりながら、エスモンドはギルバートの背を押して奥の部屋に連れていってしまう。ティアの存在はまるで視界に入らないかのように、華麗に無視だ。

――一人、ぽつんと取り残されてしまった。

工房へ首を回すと、職人達がうろんな目でこちらを観察している。ティアは泡を食って二人の後を追いかけた。

「おいで」

中から手招いてくれたギルバートに、ティアはおずおずとドアをくぐり、長椅子のなるべく隅に縮こまって座った。

「しかしエスモンド、君は伯爵夫人に無礼な物言いだな」

「いやいやいや、おかしいでしょう。噂の〝森の魔女〟がこんなのなんですか？　子供に一体なにができるんです。コレを工房に入れる為に、伯爵様が結婚したなんて、正気じゃない」

「こんなのじゃない。彼女は『新大陸から海を渡って嫁いできた、投機家のご令嬢』だよ」

「ハッ、階級（クラス）違いの成金と結婚なんて、食い詰めた貧乏貴族がする事だ。大体あなたはこのリアファル王国で十本指に入る所領を相続した、今をときめく社交界の花形じゃないですか。新大陸に渡った成金から嫁取りだなんて、建て前だって醜聞（しゅうぶん）になりますよ」

「ただの新大陸の令嬢ならともかく、この彼女はようやく捜しあてた、かの魔女だ。まさか我が国の魔女が新大陸に渡っていたとは、いくら捜しても見つからないワケだな」

一体どこから湧（わ）いてきた設定なのか、その「新大陸の令嬢」は目を瞬くばかりだ。

紅茶がワゴンで運ばれてきた。

ギルバートは口もとだけ笑わせてカップに口をつける。エスモンドも溜息をついて紅茶を取る。美しい男達の様子に、ティアはこの二人をモチーフに守護貴石を仕立てるならば、サファイアとアメシストだろうかと思案し始めてしまう。

「ともかく今日からティアの世話を頼んだよ。工房長」

「お断りします。こんなのをウチに置くなんて工房長として認められない」

「宝飾産業委員長として君に頼もう。エスモンド、本来なんの義務もない彼女だって殿下の招請に応えてお出ましくださったんだぞ」

——殿下!?

ギルバートがさらりと口にした単語に、ティアは目を剥（む）いた。

「あの、話に割って入ってごめんなさいデス。だけど殿下って王子様のことです？　あたしが守護貴石を作るのって、話のカンジからすると、まさか、お、王子様の？」

「ほう、一応聞いていたのか。えらいな」

頭に手のひらを乗せられた。馬鹿にされているのか、本気で小さな子をねぎらうような気持ちなのか、掴みかねたティアは音になりきらない妙な声で呻くのみだ。

「君に作ってもらうのは、王冠だ。それもただの王冠ではない」

ギルバートは言葉を切り、ティアにしっかりと蒼い瞳を向けてきた。

「王太子命において、森の魔女に〈魔法の王冠〉の製作を依頼する」

お伽話の中のフレーズが、形のいい唇からすべり落ちた。

……ティアはゆっくりと瞬きして、サファイアの瞳を凝視した。からかっている色はない。むしろ今までで一番真摯な瞳の色だ。

「それ……、大魔女――じゃない、聖女ゲアラハが最初の王様の為に作ったやつ？」

「お伽話に伝えられている、まさしくそれだ。七百年の時をくだった今でも、戴冠式には魔法の王冠と呼ばれる王冠が、毎回新しく用意されている」

「い、今も？　じゃあ魔法の王冠がずっと国を護ってるって、本当のコトだったんだ！　あたし、最初の王様の話しか知らなかった」

「王家の伝承によれば、戴冠式の前には必ずゲアラハの血を引く子孫がどこからともなく現れて新王に王冠を授ける。そして戴冠式を見届けると、再びどこかへ姿を消してしまう。そうして今もこの国は、魔女によって大地の穢れから守られ続けている――との事だ。お伽話のとおりに」

　国の中心にいる人が、信じ難いような話を大真面目に語っている。

　ティアは息を大きく吸い込み、そのまま止めた。

（町の人に言われたんだったら、からかわれてると思っただろうけど……。本当の事なの？　王冠を作る魔女が、今も本当に存在する？　とっくに滅びたと聞いていた魔法の世界が、今も、この世界に息づいているの……!?）

　魔法の王冠があるのなら、一度でいいから眺めてみたい！　一体どんな細工なのだろうと考えるだけで、ときめきに胸が苦しくなる。

　しかし興奮した直後に、恐ろしい思い違いに気がついた。

（つまり私がここに連れてこられたのは、その、王冠を作る魔女と誤解されて？）

　ティアは蒼白になってソファから腰を浮かせた。

「あたし魔女でも聖女でもないよ！　ただの宝石士で、ゲアラハの血なんてのは引いてないっ。ただ、お客さんに変なやつって思われてるから、そのせいで魔女って仇名で！」

「知っている」

　ならばどういう事なのか。ティアはきょとんと、丸い目をさらに丸くして彼を凝視する。

「知っているよ。君がお伽話の〈王冠の魔女〉ではない事は。燃石技術の革命によって夜の闇すら克服した光の世に、魔法なんてモノは誰も信じちゃいないさ。現に、前回の王冠は王立工房で作られ、現陛下は『王冠の魔女なんてものは実在しない』と公言しておられる」

「なら、なんで」

「王太子殿下はロマンチストなんだ。そのお伽話を本気で信じていらっしゃる。実は先んじて、エスモンド製作の王冠を献上したんだがね。どうしてもこれは違うと受け入れてくださらなかった。本物の魔女が作った王冠でなくては、王座に就けないと」

「とんだワガママ王子ですよ」

吐きすてるエスモンドの足を、ギルバートが革靴の先で軽く蹴った。

「あたしのお客さんにも、たまにそういう人いますけど……。気に入らないってお代払わないで、お品は持ってっちゃったりして。せっかく心をこめて作ったのに、こまりますね」

同情して首を傾けると、エスモンドは鼻の脇をひくっと引き攣らせた。

しかしつまり――とティアは情報の洪水に溺れそうになりながら首をひねる。

「あたしはお伽話を信じてる王子様の為の、王冠の魔女役……？」

震える指で自分を指してみれば、ギルバートは頷きながら唇の端を持ち上げる。

「理解してもらえたようで何よりだよ。宝石士としては意外性のある外見の君が、魔女らしい王冠を献上すれば、殿下も良しとなさるかもしれない。だが議会が定めた今の法では、この工房へ外部の人間を入れられないんだ。製作にあたって使用される国宝の宝石を持ち逃げされてはたまらんし、宝石加工や燃石技術に関する機密事項も、王立工房では多数扱っているからな。そういう理由で、君に『伯爵の妻』という肩書きが必要だったわけだ。再来月のご成人に合わせて戴冠式を行う予定なので、王冠の納期は本格的な準備に入るまでの残り一か月としたい」

「い、一か月って、すごく厳しい納期だ。それに魔女っぽい王冠って……、どんなふうだろ」

ティアの得意な技術は、草花や自然の意匠の金細工だ。金で作った蛇や草木をいかにも妖しげにうねうねと這わせればいいだろうか。いや、あえて錆びさせた真鍮を地金に使えば妖しさは満点になるだろうが、それは王冠としてどうなのだろう。

ティアが腕を組んで考え始めると、ギルバートは紅茶も残したまま立ち上がった。

「励んでくれたまえ、我が妻よ。殿下も私もおおいに君に期待している」

「えっ……、あのっ、本当にあたしが!?」

「もちろんだよ。さてエスモンド、妻を頼んだからな。終業時間には馬車を迎えに寄こそう」

彼はしかめっ面のエスモンドの肩に手を置き、さっさとドアに手をかける。

「僕は頼まれませんからね」

「寄宿学校時代からの仲だろう。ああ、魔女の存在は外には伏せておいてくれ。私の仕事を邪魔したい輩に、彼女が命を狙われるのは困る。余計な手を回されないよう、彼女の出自は詐称して登記しておいたが、念には念をだ」

最後の最後に不穏なセリフを残し、ギルバートは本当に出て行ってしまった。問答無用に連れてこられて、今度は置き去りだ。

ティアは麻痺した頭で紅茶に目を落とす。驚く事ばかりで喉はひどく渇いているのに、作法も知らないから、エスモンドの前でカップに手が伸びない。

「お前が期待されてるなんて、もちろん嘘だからな。伯爵はお前の王冠があまりに見栄えがしなかったら、殿下にお持ちする前に、僕の新作とすり替えるつもりだ。調子に乗るなよ」

「あっ、はい」

慌てて素直に頷くと、エスモンドはまた苦虫を噛み潰したような顔になる。

身に降りかかっている事態はとりあえず理解した。しかし理解したからといってするりと呑み込むには、話の規模が大きすぎる。

魔法の王冠伝説から始まったこの国で、宝石士にとって王冠作りは途方もなく遠い最高の仕事だ。まさか森住まいの無免許宝石士が発注されたなんて、嘘としか思えない。

(――私が、作るの?)

ごくりと喉が鳴り、腕に鳥肌が立ってきた。

胸を高鳴らせている場合ではないが、しかしここから脱走したところで再び連れ戻されるのは確実だ。ならば早く王冠を作りあげ、穏便に森に帰らせてもらうしかない? それでたぶん、ダツゼイで処刑も免れられるはずだ。

「くだらない。僕は仕事に戻る」

エスモンドが椅子を鳴らして立ち上がった。

「あ、あの。それであたしはどこの作業机使っていいですか」

やる気を出して見上げれば、上長は忍耐の限界とでもいうように下まぶたを痙攣させた。

※

する事がない。

ティアが今朝した仕事といえば、作業着に着替えただけだ。シャツにベストの上下と耐火エプロンを着て、両腕両足のだぼだぼに余った布を折り上げゴムベルトで留めて――以上。そして今日もそれだけで午前中が終わろうとしている。

エスモンドがティアに用意したのは小さな個室だ。

四方に資材が積み上がり、その合間に机と椅子がぽつんと一つ。作業机でもないし備え付けの工具もないから、ここでは王冠を作れない。

しかも資材置き場だった部屋――というより今もって資材置き場であるがゆえに、時々、職人が地金や工具の資材を取りにくる。ドアが開く度に顔を上げると、向かう真正面の作業机から糸目男に睨みつけられる。

動くな。見るな。気配を出すな。声にせずとも伝わってくる警告に、ティアは背もたれにずるずると身を沈め、彼の視界から消えた。

こんなに動かない毎日は人生初だ。このままでは体が溶けて机と椅子に同化してしまう。

『ねぇ皆。私、まだ人間のカタチをしてるかしら』

見本箱の石は瞬いて返事をしてくれているようだが、小さすぎる声は巨大工房の賑やかな音に掻き消されてしまう。旋盤が回転する音、金属を叩き伸ばすハンマーのリズミカルな音、デザインを協議する活気のある話し声。皆楽しそうでうらやましい。

(早く王冠を作らなきゃ、森に帰れないのに)

新しい技術や道具を学ぶどころか、依頼された王冠は一欠片も形にならないまま、五日も経ってしまった。

スケッチブックにのせた頬が自重で潰れる。描いては消し消しては描いた王冠スケッチのめちゃくちゃな線が、頬に擦れてかすれる。

——魔法の王冠は僕が作る。君はそれを自分の作品だと偽って殿下に献上すればいい。

初日、ティアをこの部屋に放り込んだエスモンドは、憎々しげに鼻を鳴らしてそう言った。

(私はそんなの、絶対に嫌だわ)

祖母から技を継いだ一人の宝石士として、それなりの誇りがある。作品の質で負けて自分のを取り下げるなら仕方ないが、他人の作品を自分のだなんて嘘をつくのは、職人としての矜持を自らへし折るようなものだ。エスモンドだって本気で納得しているはずがない。

……ならばやはり自分で作るしかないのだ。ギルバートが王子に差し出したくなるような王冠を。そう腹は決めたのだが。

新しいページをめくり、とにかく黒鉛の芯を走らせてみる。

王冠ならば、遠くからも見栄えのする大きな色石を使うのが妥当だろう。鮮やかなエメラルドやガーネットがいいか。王家のコレクションにこれだという石があるかしら。だけど王子の好みは？　都会の流行はどうなってるんだろう。そこに魔女らしさを加えるってどうすれば？

「……駄目だっ！」

放り出した黒鉛が紙の上を転がっていく。

妥当とか流行とか、そんなものをツギハギして作った台座では、留める石が可哀想だ。形ばかりでは何のお守りにもなってくれない。

（だいたい私、石を選ぶ前にデザイン画なんて書いた事ないのよ……）

ティアの仕事の仕方は一から十まで祖母と同じだ。依頼者の手に石を載せてみて、石から話を聞きだす。この人を守ってくれそうか。くれると答えたなら、その石にとってどんな台座が居心地いいか、その人にはどんなデザインが最適か。石と客の心の中を覗きながら、一つの形に落とし込んでいくのだ。

ティアは唇を結んでスケッチブックに目を落とした。自信のある線が一本もないなんて事は、これまで一度もなかったのに。

（やっぱり本人に会わないと、なんにも進められないわ）

今から王子に会えたって、王冠となれば大作だ。必然、使う石の数も増える。それぞれ自己主張のある石達の総意をまとめるだけでも時間が要るのだから、寝食削って製作しても、間に合うか際どいところだ。なのに貴重なひと月のうち五日を無駄に使ってしまった。依頼主の美貌が頭に浮かんできて、胃がキリキリ痛む。

あの伯爵はティアに王冠を作らせる――という目的の為だけに結婚までしたらしい。立場のある彼が人生に汚点を作ってまで、王冠を選り好みする王子のワガママに付き合わなければならない理由はなんなのだろう。

（……あの人の言ってた、高貴なる者の義務？）

森暮らししか知らないティアには、貴族の使命なんてモノは考えてみたって想像がつかない。

エプロンのポケットに手を突っ込み、折り畳まれた紙を開いた。

今朝も部屋のドアにこの紙が挟まっていた。結婚契約書で見たのと同じ字だから、ギルバートからの手紙なのだろう。もう五日分、五通も溜まっている。

屋敷の人に訊いたところ、彼はこの手紙の枚数と同じ日数、屋敷に帰って来ていないらしい。

——あたしがお屋敷にいるのが気まずいのかな。

思わず呟いたら、眉を跳ねて笑われてしまった。

——随分と自信満々でいらっしゃいますね、奥様。

手紙に並んだ字を眺めてから、畳んでポケットに戻した。とにかくこのままではどうにもならない。ギルバートには連絡が取れず、工房長は王子への謁見を取り次いでくれるはずもないとなれば、誰か他を当たるべきだ。幸い工房の人は全員貴族で国宝級の職人なのだから、王子に面識があるだろう。

「工房長、お約束のベオーミング様がお見えです」

向こうで椅子を立つ音がした。

ティアはすかさずドアに耳を押し当てる。踵を鳴らす忙しい人特有の歩き方、あれはエスモンドに間違いない。来客ならばしばらく戻らないだろう。

ティアは今だとばかりに個室を抜け出した。

三十名の職人達はみな手元に集中していて、こちらの動きになど気づいていない。監視人の机の前を走り抜け、左右に首を巡らせる。

(誰か話しかけやすそうな人は――)

タガネで石留めをしている白髪のおじいさんは、生まれてこのかた笑った事もないような眉間の皺だ。隣で地金を叩き伸ばしている若者も目つきが鋭くて怖い。

シュッと空気が噴き出る音に、首を反対に向けた。

ゴーグルを装着した中年の職人が、細い金属のパイプを操作している。初日に興味を惹かれた、火を噴くパイプだ！　そしてその青白い炎が溶かしているモノに、ティアは目を見張った。

真っ赤に焼けていた液体が、炎が離れて温度が下がるにつれ、みるみる白く固まっていく。

「――それ、プラチナ!?　なんでプラチナが火で溶けるのっ!?」

夢中になって飛びついたティアに、男はウワッと声を上げて機材の栓をひねり止める。

「危ないだろうが、小僧！　……って奥様か。紛らわしい格好でうろつくんじゃねぇよ」

ティアはごめんなさいと早口に返し、やはりどう見てもプラチナに違いない白銀の塊と、そのパイプの機械とを何度も見比べる。

プラチナは丈夫ゆえに硬くて融点が高いから、燃石ではどんなに燃しても溶けない。それをこんな小さな炎で、いとも簡単に。信じられない光景に心臓が上下に弾む。

「まるで魔法だ……！」

プラチナを溶かせる炎とは、どれだけ高温なのだろう。王都では凄（すさ）まじい温度の熱を作れる新燃料が使われている？　パイプの先は一抱えもある鉄の樽（たる）に繋（つな）がっているが、ここに火の素が入っているのだろうか。そうだ、とティアは街灯の強く明るい光を思い出した。あれは燃石ガスで輝いていると聞いたが、ならばこの樽の中にもガスが入っているのかもしれない。

机の下の樽を確かめようとしゃがみ込んだところで、

「〝まるで魔法ダ！〟」

ゴーグルを外した男が、妙な抑揚で肩をすくめた。ティアは怪訝（けげん）な顔を上げてから、田舎訛（いなかなま）りを馬鹿にされたのだと気がついて頬がカッと熱くなった。

「まさか燃石ガスバーナーを初めて見たのか。あんたのトコはどうやって火を扱ってるんだ」

「うちは……レンガの火床。そこに燃石を燃してる。ふいごで空気を送るやつです」

「おいおい、正気か？　ディアマン卿（きょう）がわざわざ新大陸から捜し出して、大層な身分まで与えた魔女が、それだけ？　奥様は何十年前の世界から嫁いで来たんだ」

男は大げさな素ぶりで周囲の注目を引き、集まってきた他の職人達もここぞとばかり声をたてて笑う。

（……人間の言葉は嫌いよ）

丸みのない正しい発音が、鼓膜に刺さる。

しかしティアは瞳に力を入れてゴーグルの男を見つめ上げた。人に笑われるのは慣れないが、恥より先に訊かねばならない事がある。

「王冠を作るのに、あたし王子様に会わなきゃいけない。どうやったら会えますか」

そう尋ねたとたん、笑っていた彼らの目から温度が抜け、工房の中も一斉に静まり返った。

「あんた今、なんて言った？　うまく聴きとれなかったよ」

男はバーナーの管を机に置き、ティアに真顔を向ける。しかしティアは震えながらも引き下がらない。ここで逃げたら王冠を作れないのだ。

睨み合う二人の真上で、天井の送風扇が重たい回旋音を響かせる。

「――野ネズミが脱走しても、君達が手を休める理由にはならないぞ」

いきなり後ろから首根っこを掴まれ、ひょいと持ち上げられた。

捕獲の腕の主はエスモンドだ。彼は職人達よりも冷え冷えとした瞳でティアを見下ろす。

「工房長。ですがこのガキ、工房長を出し抜いて本気で王冠を作るつもりで――、」

「ここは王立工房だ。紳士らしく振る舞いたまえ。まさか君達は、このちっぽけな野ネズミが僕よりも良い物を作ると、本気で心配してくれているのか？」

「い、いいえ、万が一にもそんな」

「そうだろうな。ならばコレがうろちょろしても無視を貫け。社交期（シーズン）まっさかりで戴冠式も控えている今、参列者の小冠（コロネット）も記念守護貴石も作っても作っても追いつかん。それとも余裕があるなら、ディアマン卿からご紹介のデビュタント・セットの仕事を回すが？」

とたんに野次馬の職人達はそそくさと自分の持ち場へ戻っていく。ティアと睨み合っていた男は舌を打ち、ゴーグルをかぶって作業に戻ってしまった。

「ネズミも巣に帰れ」

ティアを投げ捨てたエスモンドは、汚いものを触ったとばかりにわざわざ両手をはたく。

「でもあたし、王子様に会わないと王冠作れない！　会って、その人に石を持ってもらわないと、どの石を使うか決まらないですっ」

「人間の言葉を聴き取れなかったのなら、もう一度だけ言ってやる。部屋に、戻れ。お前の仕事は、就業開始から終わりまでお利口さんに座っている事、それだけだ。王冠なんざ作れるはずもないのに、よくも図々(ずうずう)しく居座ったもんだ」

「戻らない。なんであなた、あたしの作品見てもないのに、できないって決めつけるの」

怒りなんて感情が自分にあったのを、ティアは随分久しぶりに思い出した。

ここに揃っているような最新式の機材は、確かに森の店にはない。けれど先祖から代々継いできた技術を、祖母が手ずから伝えてくれた技と知恵を、この人は確かめもしていないじゃないか。

「耳障(みみざわ)りな声でわめくな、野ネズミめ」

「いくらでもわめく！　王子様に会わせて！　あたしに作業机貸して！」

人間相手に言い返してしまった。心臓がバクバクとすごい音で脈打ってる。だが壁際に追いつめられ、ふたたび首をつまみ上げられた。

「放して！　一か月も何も作らないでいるなんて、腕が言う事をきかなくなっちゃうっ！」

ティアをぶら下げて資材置き場に向かっていた足が、一瞬止まった。手が緩んだ隙にティアは彼から逃れ、距離を取って睨み合う。

「職人なら分かるでしょ!? 一日だってタガネを持たない日はなかったのに、指が動きを忘れちゃう！ それが一番怖いよ！」

立ちはだかるエスモンドの喉が大きく上下に動いた。しかめた顔の眉間に皺が寄り、こめかみには血管すら浮かびあがってくる。目を逸らしたら負けだと、ティアも必死に睨み返す。

お互いに出方を窺ったまま硬直していたが――。

彼が唐突に伸ばした腕に反応できず、また服の後ろ首を掴まれてしまった！

「あっ、あたしは十八歳の淑女！ 離せ！」

「田舎のジョークはつまらんな」

エスモンドは自分の机に戻り、隣に引き寄せた木の椅子にティアを乱暴に下ろした。

「これに作業机を一台用意してやってくれ。そう、僕の隣だ。ここに」

あれよと言う間に、ティアの為の机が運び込まれてきた。

背の高い作業机は体が入るように中央が半円に削られていて、金属を接合させる時の台に使うスリ板もしっかり固定されている。引き出しを開けてみたら、ヤスリやピンセットの工具一式も揃っている。ついでに従者が、ティアの布鞄をつまむような手つきで置いていってくれた。

これなら今すぐにでも作業を始められる！

ティアは胸いっぱいに喜びの空気を吸い込んだ。

「ありがとう、エスモンドさん！」

目を輝かせて隣を見れば、彼はもう自分の作業を再開している。

「うるさい黙れ」

絶対零度の彼の手元は、おそらく製作中の王冠のパーツだ。プラチナで作った星型の台座をヤスリで磨きあげている。

「わぁ……、白い地金だからこそ、星がきれいね。きっぱりしてて軽やか」

「前作の王冠は、古式にのっとった王冠らしい王冠だった。お若い殿下にはああいうのは格式張って映ったのかもしれない。今度こそは新時代を告げる全く新しい王冠で――」

彼は手を止めた。語っている相手が誰だか思い出したのか、憎々しげに黙ってしまう。

しかしティアのほうは身を乗りだしてその台座を凝視した。石を嵌め込む裏に当たる部分が、ぽっかりくり貫かれてしまっている。これは一体どういう事だろう。

「エスモンドさん。その穴、どんな意味がある？」

パーティで使う守護貴石は、なるべく石を輝かせて見せる為に、石の裏に薄い金属の箔をあてるのが一般的な手法だ。だがこんな大穴が空いていたら、その箔を敷く細工ができない。

戴冠式は教会で行うと聞いているから、中は天井が高くて相当暗いだろう。なのにこれでは、主役になる王冠が全く煌めかずに闇に沈んでしまう。

まじまじと観察していると、チッと舌を打たれた。

「いいか。ここに座らせてやる。資材も道具も有るものを使っていい。代わりに今後一斉こちらを向くな。そこから動くな。そして耳障りな訛りで話しかけてくるな」

「ご、ごめんなさい。わかった。——あ、でも王子様に会うのは、どうしてもお願いしたい」

「僕がお前の為に、そこまで世話を焼く義理はない」

「……ハイ」

「ここまでだ。二度としゃべるなよ」

ハイとまた声にしかけて、慌てて口を噤んだ。

(だけど、ひとまず作業できる環境は整ったわ。まずは五日もサボった勘を取り戻さなきゃ)

ティアは袖をまくり上げ、布鞄から手になじんだ工具を取りだす。

祖母のお古のペンチにヤットコ。タマゴ型のタガネの持ち手は、すっかりティアの手の形にすり減っている。最新式ではないけれど、これがティアにとって最高の道具だ。

視線を感じて隣を盗み見れば、エスモンドがティアの手元を凝視していた。一人前に工具を揃えて——という目線かと思ったが、ちがう?

「お前、その銀の腕輪は」

細い糸目が、初めて見るほどの大きさに見開かれている。

刺すような強い視線に、ティアは腕輪にパッと手のひらをあてた。

これは祖母から継いだ、アシュリー家代々の腕輪だ。

銀線の蔦を幾重にも絡み合わせた、一族が得意な意匠。ちりばめられた爪の先ほどの色石は、継ぐ度に一つずつ足された、その時の持ち主の守護貴石で、ティアの為のムーンストーンは祖母が研磨して留めてくれた。特に変わった作りではないと思うが……。

「あたし、しゃべっていいの？」

さっき二度としゃべるなと言われたばかりだ。

きょとんとして訊くと、彼の一瞬ゆるんだ眉間に再び深い深い皺が刻まれた。

「いいや。一生黙ってろ」

ぷっと誰かの笑い声が聞こえた。後ろの席の職人達が、背中を丸めて笑いを堪えている。しかし工房長が見返る前に、慌てて自分の仕事に戻っていった。

完成したばかりのブローチをシャンデリアにかざして、ティアは感嘆の息を漏らした。

「なるほど、こういう事だ……！」

帰りの馬車でずっと首を傾げていた問いが、伯爵家の玄関ホールに入るや否や解決したのだ。

習作のブローチは、ダイヤを銀の台座に留めただけのシンプルなものだ。普段の作り方なら台座とダイヤの間に金属箔を敷くところだが、今回はエスモンドを真似て、かろうじて石が引っかかるサイズの穴を開けた台座に仕上げてみた。

それにダイヤの石自体も、ティアの知っている五十八面体のカット——いわゆるブリリアントカットのプロポーションとは印象が違ったから、そちらも彼のに寄せた。怒られながらも凝視して確認したところでは、石の尖った側がずいぶんと浅いように見えたのだ。

きっとどちらも意味があるはずだ。彼は宝石士の中の頂点の職人なのだから、無駄な細工をするはずがない。訊いたって教えてくれないだろうが、それは祖母も同じだった。自分の頭を使って考える癖をつけないと、一人になった時に困るからねというのは彼女の口癖だった。

（資材をケチッてるとか、軽くする為……じゃないだろうし）

毎日かぶるわけではない王冠なら、軽量化よりも輝きを優先すべきだろう。

しかし答えの見つからないまま終業時間で時間切れ。唸りながら帰ってきたのだが、外から真っ昼間みたいに明るいシャンデリアの下に入った瞬間、やっと分かった！

「光だ！　今は、夜でも光があるんだ！」

突然叫んだティアに、家令がビクリと肩を跳ねる。睨みつけられたが興奮は収まらない。

（そうよ、燃石ガスの光源があるなら、暗い場所での輝きを心配しなくていいんだわ！）

台座に大穴を空けるのは軽量化の為ではない！　宝石の裏を金属で塞がずに、もっと光を取り込む為だ。ダイヤのカットを浅くしたのも、光を跳ね返して外へ輝かせるのに一番都合のいい角度になっているのだろう。

ダイヤがご名答とでも言うように光を乱反射して、きらきらと目に眩しい。なんて光に貪欲なカットだろう……！　この細工なら、たとえ夜のパーティだって昼間みたいに石自身が輝ける。自分の、本当の光で！

ティアは手のひらにブローチを握り込んだ。

守護貴石を作る技術は祖母から継いだものだ。その祖母はそのまた先祖から。アシュリー家が時間の止まった森でひっそりと暮らしている間に、世界の夜には光がもたらされた。そして宝石を扱う技術も様変わりしていたのだ。心臓がどくどく激しく鳴っている。

（知りたい。あの王立工房には、おばあちゃんですら知らなかった事が、きっと山ほど詰まっている。私、もっと知りたい）

あのガスパイプは森には持ち帰れないけれど、知識は頭に入れて、技は手に覚えて帰れる。誘拐結婚という災難が、巡り合えるはずもなかった僥倖に思えてきた。

——ああ、早く王冠を作り始めたい！

「あのっ、家令さん！　あたしギルバートと話したいです。今日も帰ってこないですか」

背中を呼び止めれば、彼は一瞬だけティアに目を寄こして髭を撫でつけた後、また歩き出してしまった。ティアは小走りに追いかける。

「聞こえませんでした？　ギルバートは、」

「旦那様はエボナ侯爵夫人の晩餐会にご出席です。お戻りは早くて日付の変わる十二時頃でしょうが、宮殿にお寄りになるかもしれません」

「宮殿に？　じゃあ王子様に会ってる？」

「王太子殿下と旦那様は、まるでご兄弟のように仲睦まじくていらっしゃいますから」

なら、やはりギルバートに接見を頼むのが一番まちがいない。

地下への階段を下りようとする家令を、待ってと肘を掴んで引きとめる。すると彼は不快な虫でも止まったような顔で、身をのけぞってティアの手を払った。

「奥様、よろしいですか。我々の旦那様はあのお若さで枢密院に名を連ね、宝飾産業委員会の長を務めていらっしゃいます。将来は王国の歴史に名を刻む政治家になられるはずの、お忙しい御身なのです。くれぐれも旦那様のお邪魔をなさいませんよう」

「でもっ、あたし仕事を依頼されてて、」

「お部屋に食事と湯をご用意しました。こちらから先は使用人区画ですのでご遠慮下さい」

言葉を交わすのも腸（はらわた）が煮えくり返るとばかり、ドアを閉められてしまった。

（家令さんも駄目（だめ）、工房の人達も問題外。どうしよう……）

ティアが何を主張しても、この屋敷の人達には届きそうにない。大好きな旦那様に、こんなみすぼらしい「妻」が来たのが許せないのだ。

しょぼくれて部屋に戻ると、家令の言うとおりに食事の支度（したく）ができていた。テーブルに夕飯のトレイ。鏡台にはポットと洗面器。

とっくに水になってしまったお湯で手と顔を洗い、ちんまりと椅子にかける。

昨日と同じメニューのいんげん豆のスープと二切れのパンを、もそもそと食べ始めた。

体の小さなティアには充分な量だけれど、冷めていると寂しい。自分で作ったスープは、いつでも熱々のを食べられたのに。

スープの中にベーコンの切れ端を見つけて小さな喜びを感じていたが、思いついて石の見本箱を並べてみた。これで一人ぼっちではない。

『こんばんは。皆、元気？』

――ティア。ティア。

口々におしゃべりを始めた石達の、カラフルな煌（きら）めき。

大事な友達の優しいこえに安堵（あんど）する。

しかしこうして改めて観察してみると、工房の石に比べてカットが古いように思えてきた。

光の入る角度を工夫してカットし直してあげたら、なおさら美しく輝くだろうか。もちろん守護貴石に仕立てる時は、地金の裏を大きく開けて光を通す仕様に――。

――ティア。きをつけて。

――こわいよ。こわいよ。

パンをかじる顎が止まった。

『え？　なに？　なにが怖いの？』

――くるよ。きをつけて、ティア。あかいの。

『赤いの……が、ここに来るの？　それは何の事？　赤い服を着た人間？』

皆それきり黙ってしまった。まるで禁じられた言葉を口にしたかのように怯えている。前にも森の宝石庫でこんな事があった。

重たいカーテンを開くと、ガラス窓の向こうに街灯が赤々と輝いている。あの灯りの事ではないとは思うが、ならば、何？

不吉な予感に胸を騒がせながら視線を巡らせると、霧に滲む月の隣に――赤い星！

ティアはぎくりと体を強張らせた。冷たいモノがみるみる全身に広がっていく。

（あの星、森から見えてたのと同じもの？　あの赤い星が石を怯えさせてるの？）

見本箱を布鞄に突っ込み、部屋を駆け出した。

こんな時間なのに外の通りにはまだ馬車が行き交っている。底冷えする夜に作業着のシャツ一枚で通りに立ちはだかるティアを、通りすがる御者が怪訝な目で眺めていく。

　ティアは構わず霧の空へ目を凝らした。やはり確かに、建物の合間に赤い点が光っている。

「あの時より大きくなってる？」

　星が育つなんて事があるのだろうか。何でも知っていそうなギルバートに尋ねたら教えてくれるかもしれないが、今夜も戻らないかもと聞いたばかりだ。

　霞む夜景に目を巡らせる。宮殿というのはどのくらい離れているのだろう。宮殿と言うからには大きな建物なのだろうし、ここは見知らぬ街でも森の地下倉庫みたいな迷路ではない。夜行性の獣に襲われるような危険はないはずだ。

（探してみよう）

　通りを左右見まわして、ティアは頷いた。

　朝になったらまた夜まで監視付きで自由がない。宮殿を訪ねるならチャンスは今だ。衛兵に止められても、ギルバートを呼び出してもらえたら中には入れなくていいし、もしもその場で王子に会わせてもらえたら、一気に問題が片付いてしまう。

（そうしたら、明日からでも王冠を作り始められる――！）

　夜気を吸い込んで走りだした瞬間。

　通り過ぎるかと思った馬車が真横に停車した。

　ティアはぴたりと足を止める。

　馬車の扉がもったいつけるような動きで開いていく。

「この期におよんで脱走か？　ティア・アシュリー＝セイナー。ようやく夫が新妻に会いに帰ってきたというのに」

馬車から降りてきた六日ぶりの夫は、ティアに眉を跳ね、この夜霧よりも冷えた笑みを浮かべた。

※

「なぜ妻の部屋の暖炉を焚いていない。燃石の屑もなかったぞ。昨日今日の事ではあるまい」

「旦那様、申し訳ございません。手違いがあったようです」

ギルバートはティアを荷物のようにソファへ放ると、コートを家令に預けた。

「温まる飲み物を、彼女に」

「かしこまりました」

さっきまで意地悪だった家令の、なんと殊勝な事か。彼が出て行くと、ギルバートの部屋は暖炉にくべられた燃石の爆ぜる音だけになった。外気に鳥肌の立った体をじんわり溶かされて、ティアは両腕を手のひらで撫でさする。

ソファの向かいにどさりと腰を下ろした彼の、赤い火に照らされる美貌。現実の生き物とは信じ難いような凄まじい美しさに、会ったら言わなくては訊かなくてはと思っていた言葉が、喉に詰まって出てこない。脱走を目論んだわけではないと誤解を解くべきなのだろうが、それすら。

メイドがティアの前にホットミルクを置いていった。

ありがたくいただくと、ほのかにお酒の味がする。喉を落ちていく熱に、体の芯がぶるりと震えた。温かいものを口にしたのは初日以来だ。

ギルバートは暖炉の炎を見つめていたが、ティアにゆっくりと視線を寄こした。

「君は、用意しておいたドレスは着ないのか。サイズは急ぎ仕立て直したはずだが」

「ドレス着るの、とても大変。がんばってみたけど、腕が攣っちゃって無理だった」

クロゼットに詰め込まれていたドレスは、どれも背中ボタンの造りでとても一人では着られない。あきらめて借りた作業着で工房に通っているのだが、まずかったろうか。

「着替えを自分で？　誰も手伝いに来ていないのか。ならば夕食もその格好で」

「だって部屋にごはん置いてくれてるから。一人なのに誰も見ないです？」

ギルバートは目を瞬いた。そしてわずかにティアのほうへ身を乗り出す。ティアはきょとんとしたまま後ろへずり下がった。

「――君、今日は何を食べた？」

「食べたもの？」

叱られるのかと覚悟したが、食事の内容とは。

「朝は、なにも。だけど昼は工房だから、ランチとお茶までごちそうになりました。職人さん達と別々なのに、わざわざ用意してくれて。あ、キュウリのサンドイッチとか、おいしい、珍しいもの出てきます。夜は豆のスープ。今日の、ベーコン入ってました！」

「……菓子は。手紙と一緒に届いただろう」

なんの事だろう。手紙はいつもドアに挟まっているだけだ。

反応しそこなったティアを、ギルバートが唖然と凝視してくる。彼はしばらく経って大きな溜息をつき、ティアに向けて首を垂れた。

「すまなかった。君をもてなしていたつもりが、家の者には伝わっていなかったようだ。逃げ出したくなって当然だな」

「え、や、いいえっ？」

大貴族様に詫びられてしまった……！

伯爵様の眉は下がり、蒼い瞳は申し訳なさげな色だ。ティアは泡を食って両手を振る。

この国のとても上の上のほうに生きている伯爵様が、森のはずれの文明の光も届かないような場所に暮らす小娘を、一人の人間として扱って、頭を下げる。そんな事があるのだろうか。そもそも祖母以外の人間に謝られたのは初めてだ。

「今回の件は確認を怠った私の落ち度だ。私は君をここに連れ出した者として、君の生活に責任がある。他にも何かあったなら我慢せずに話してくれ。逃げ出したくなる前に」

「あの、ギルバートの勘違いだよ。あたし逃げようとしたわけじゃない。宮殿に行こうと思ったの。あなたに会いに」

「宮殿に？　君一人きりで？」

頷くと、ギルバートはものすごく変な顔をした。目の前にいる人間の正気を疑うような。

「……驚いた。君は本当に世間知らずだ。いくら子供でも、エリウの街を日が落ちてから一人で歩く女性はいない」

「この街は夜でも太陽みたいな灯りがあるよ。獣に襲われる心配はないよね？」

「都会の夜には別の獣がいるんだよ。――まぁいい。今後は絶対に一人での夜の外出は控えてくれ。しかしなぜ宮殿へ？　私に急ぎの用事でもあったのか」

そう、ソレだ！　やっと話せるタイミングが来た！

ティアは息を吸い込んで鼻先をずいと寄せる。

「王子様に会いたい！　あたし石の話を聴きながら守護貴石を作るから、お客さんに直接会わないと、守護貴石を作れないんだ」

「その為に宮殿へ行こうとしたのか」

「ギルバートが帰ってこないから。もう急がないと、王冠の納期に間にあわない」

なるほどと、彼は顎に手を当てて思索する。

「……殿下に謁見か。分かった。それが君の仕事のやり方ならば取り次ごう。しかしあいにく殿下は外遊に出ていらっしゃる。お戻りになるご予定は三日後だが、その時には必ず」

「お、お願いします！　三週間で納品ってすごく厳しいけど、なんとかするっ」

目を輝かせるティアに、ギルバートは唇の端を持ちあげてくれた。ああ、ここからが本番だと、もう待ちきれない疼きがティアの全身を駆け巡る。

「しかし君がここまでヤル気になっていたとは驚いたな。何か心境の変化があったのかな？」

「王立工房の設備も職人さんも、みんなすごい！　あたしの知らなかった事がいっぱい！　森に置いてきた石達にはごめんねだけど、お留守番してもらってもエスモンドさんの技をいっぱい見たい！　だから、ごはんとかどうでもいいんだっ。あそこに通えてるあいだ、新しい技術をいっぱい頭につめこんで森に帰る。それが何よりのご褒美！」

ギルバートは圧倒されたように黙って聴いてくれていたが――。急に手のひらで口を覆い、顔を背けてしまった。

（しまった。興奮しすぎてうるさかったわよね。それとも訛りが聞き苦しかった？）

慌てて口を噤むが、こちらに首を戻したギルバートに、ティアは息を詰まらせた。

「失礼。君が非常に真面目で根性のある宝石士なのは、よく分かったよ」

――笑っている。

あの冷ややかに輝くサファイアの瞳が、ただ素直に愉快だという色に煌めいている。

「ただ、君がいちいち私の予想と全く違う方向へ外してくるものだから、こんな人間――いや重ねて失礼。こんな女性は初めてで、素晴らしく魅力的だなと思ったんだ」

「ご、ごめんね、社交界の女の人はこんなにうるさくしゃべらないね？」

「褒めているんだよ。『森の魔女』があまりに想像と違ったし、あの赤ん坊の指輪を君が作ったとはどうしても思えずにいたものでね。正直、君の扱いに困惑していたのだが。仕事を語る君の瞳の熱量で分かったよ。ティア・アシュリーはとても誠実な職人のようだ」

蒼い瞳がティアを映し、柔らかに微笑む。

「もっと早く君とは語り合えばよかったな。帰って来られず、すまなかった」

目元にくしゃりと皺を寄せた彼の本当の笑顔は、まるで春の空のように暖かだ。……なんて綺麗なんだろうと、ティアは目を奪われたまま動けない。いえ、と呻くように返すのが精一杯だ。

しかもこの笑顔は、自分に向けられたものなのだ。胸がぶるりと震えた。不思議だ。胸が熱くなるのも鼓動が早くなるのも、恥ずかしい時や怒った時と同じようなのに、首の後ろが冷たくなるような嫌な感じがない。彼の唇の端に残ったこの笑みが、まだあと少しの間でいいから消えないでくれますようにと、祈りながら盗み見てしまう。

「君の待遇については善処させてもらおう。だが手紙の返事くらいは寄こしなさい。送った手紙を女性にここまで無視されたのは、生まれて初めてだ」

彼はお酒のグラスを取って、ようやく口をつけた。

「ああ、返事……」

呟きながら、浮き上がってきた心臓が再び底のほうへ沈んでいく。

「まさか手紙まで受け取ってないなんて事はないな？　そこまでしたら、彼らは解雇だ」

「も、もらってる！　だいじょうぶ、ちゃんとあります！」

ティアは慌てて、ポケットから取り出した便箋をテーブルへ並べた。ギルバートは、ならばどうしてと目で問うてくる。

答えなくてはいけないのか。

ティアは先祖代々の腕輪を握り込んだ。恥ずかしさで耳の裏がぴりぴり熱くなる。

(今さら私が恥ずかしがる事だって、この人には滑稽(こっけい)だと思うけど)

でもたぶん、彼の周りの宝石士達が当然持っているものを、自分は持っていない。

「……笑わないで。あたし、読めないの。それに書けない。リアファル語もあたしの古い言葉も、なんにも」

白状してまぶたを固く閉じた。

——字だ。ティアは字を持っていない。それに気づくと、客はとたんに「宝石士」を見る目から蔑(さげす)んだ目に色を変える。守護貴石を店に発注できる階級(クラス)の人達には、「字も知らない宝石士」なんてあり得ないのだ。その瞬間、ティアと客との間には分厚い鉛の壁が立ちはだかる。

……しばしの沈黙が、ティアには痛い。

もう自分の部屋に帰らせてもらおうと、もじもじしていた足で立ち上がろうとした時。ソファの隣が深く沈み込んだ。


「ティア」


怯える動物に囁(ささや)きかけるような低い声が、すぐそこから。

「公用語を学ぶ機会がなかったのは、君の責任じゃない。俺は笑わないよ」

彼の口調が急にくだけた。それにティアを初めて名前で呼んだ。思わずまぶたを開けると、ギルバートはテーブルに広げた手紙を開き、日付順に並べ直す。

「いいかい。君を連れ帰った翌日の手紙にはこう書いてある。『妻へ。たりないものや必要なものがあれば、返事に書いてほしい。家令に、君の様子を教えておくように』。二日目はこうだ。『ティア嬢へ。放置してすまない。好きなものがあればリクエストしなさい』。三日目、『愛しい新妻へ。今日も帰れそうにない。心苦しいが、君が好きそうな甘いものを家令に頼んでおいた。少しでも元気が出るといいが――』」

四日目五日目とだんだん長くなる文章を、彼は読み上げてくれた。ティアに伝わっていなかった心遣いが数日ごしに届いてきて――。半ば唖然としながら、伯爵の横顔を見つめた。

書き出しの呼び名が毎回変わっている。返事を寄こさない自分とどう距離を取るべきか悩んでくれたのだろうか。階級も都会の人の洗練された会話術も、機転も容姿も持たないティアの足りなさを、笑うどころか、最初から真摯に向かい合おうとしてくれていた？

「……ディアマン伯爵は、変な人だ」

正直な感想を呟いてしまったティアに、ギルバートは心外だなと笑う。

「君の夫だよ。それで、よければ私が君に字を教えよう。それから計算もだ」

ティアは目を大きく見開いた。

「いいの？　でも、本当に？」

自分のベッドで寝る時間もないほど忙しい人が、よけいに大変になってしまうじゃないか。

「もちろんだ。夕食の時間だけでも屋敷に帰ってくるから、その前後で授業をしよう。契約期間が終わる頃には、契約書を作れて客に騙されずに済むくらいにはなってもらうよ」

「あっ、ありがとう！　ありがとうございマス！」

ティアにとっては願ってもみない話だ。悪いとは思いつつも嬉しくて頬が紅潮する。

祖母は守護貴石の代金は金貨一枚、銀貨二枚と自分で値をつけていたが、ティア一人になってからは、値切られると「そうですか」としか言えなかった。客に言い返せば、どんな耳に痛い言葉が降りそそいでくるか怖かったから。

「もしも契約書を自分で作れたなら、とても心強い。お願いしマス」

「君を誘拐して妻にして、ひと月も自由を踏みにじる詫びだよ」

彼の微笑みに、たぶん、とティアは手のひらの指を握りこんだ。

(たぶんこの人は、本当はすごく優しいんだわ)

どうでもいいような雑草をもいでも、花瓶に挿して水を与えずにはいられない人なのだ。

……そう知ってしまったら、ひたすらに美しいサファイアの瞳に、ルーペがないと分からない内包物や、水面のように揺れる蒼のわずかなムラまでもが見える気がした。

ティアは腕輪を握り込み、パッと立ち上がる。また心臓が忙しくなってきた。これは一体どんな気持ちなのだろうと、自分自身が分からない。

「あ、あたし、読みたい本があるの。部屋から取ってくる。読み方教えてくれる？」

「いいよ。取っておいで」

人間の声は、こんなに優しく聴こえるものだったかしら。

どうしようもなく弾む心臓をなだめながら、ティアは森を駆けるリスのように彼の部屋を飛び出した。

※

ギルバートは公用語はもちろん、リアファル古語も、この国が有するいくつかの植民地の言葉も学んでいる。寄宿学校時代の学友には植民地の言葉なぞと笑われたが、外交上、言葉という武器はいくつあっても無駄にはならない。

だがティアが持ってきた古めかしい布張りの本は、驚くべき事に彼にも読めなかった。

ティアの母のお気に入りだった本で、彼女は挿絵だけ眺めて楽しんでいたそうだ。ちりばめられた宝石の挿絵からして、石について解説する内容だろうと見当はつくが――。

燭台（しょくだい）の下の揺り椅子で、唸りながらその見慣れぬ文字を追う。装飾の多い書体だ。現代リアファル語に似ている文字もあるが、直線に横棒を重ねたような字、円に×を足したような記号。どこかで見た字のような気がするが、思い出せない。

考古学者の研究によると、ここが王国になったばかりの頃、内海に小アナム島という、今は海底に没した島が存在していたそうだ。聖女ゲアラハはそこからリアファルに渡ってきたとの伝承があり、彼女達は特殊な古い言語を使っていたとか。ティアの血筋は本当にそこにルーツがあるのかもしれない。

半ばヤケクソ気味に拉致してきた魔女が、本物だったら——？

頭によぎる可能性に、ギルバートはまさかと思いつつも胸が騒ぐ。

実は、森の店で見たシトリンの小さな指輪がずっと頭から離れないのだ。作り手の彼女を映したかのように素朴で誠実な指輪だった。とにかく飾り立てる当世風の流行なんて歯牙にもかけず、祝福だけをひたすらに詰め込んだような。……もしもあれを学者から王冠の魔女の作品が発見されたと差し出されたら、なるほどと頷いていただろう。

そして愚直なまでにひたすら宝石を愛しているだけのこの無垢な少女も、本当は祝福の王冠を授ける魔女として、最もふさわしい性質なのかもしれない。

「君はこの言葉、話せても文字は習わなかったのか」

「うん。おばあちゃんが今の時代には合わないし、石と話せるなら書けなくてもいいだろうって。それより宝石士の腕を磨きなさいって」

ティアが文献を解読できたら彼女の出自についてももっと多くを知れたかもしれないが。この文字も時の流れに呑まれて、消えてしまうらしい。

「……そうか。もったいないな」

「う、うん」

息をついたとたん、膝の上に座らせたティアの耳がサッと赤く色づいた。吐息がかかってくすぐったかったのかと思ったが、身を固くする様子からして恥じらっているらしい。弟か子犬

にやっていたのと同じ調子で自然と膝に乗せてしまったが、失敗したようだ。しかし慌てて下ろすのも空気をおかしくしそうだと、ギルバートは気づかぬふりでページをめくる。

「この字は？　誰かが書き添えたようだが」

不思議な文字の脇には、時おり几帳面(きちょうめん)な文字で現代リアファル語の注釈が添えられている。

「お母さんが書いたと思う。あたしの」

「君の母上は、この文字も現代リアファル語も、どちらも読み書きできたんだな」

「お母さんはお父さんから教わってたって、おばあちゃんから聞いた。お父さんは都会から来た人だったみたい」

「……そうか」

祖母からの伝聞だ。つまりこの娘は母も父も知らないのだと察しがついて、森暮らしの惨状(さんじょう)の原因がなんとはなしに理解できた。

「ティア・アシュリー」の名は教区記録簿にも記載がなかった。つまりこの少女は洗礼も受けていない。もともと国の体制とは無縁に暮らしていた一家が、親が早世して祖母と二人きりの暮らしとなり。宝石士の腕一つで生計を得ていた祖母は、ティアを町の学校に出すなどと考えもしなかった。その祖母とも死に別れ、ティアは一人森に残されたのだ。あの、木に押し潰されかけた店だけを持ち物に――。

ギルバートも親の温(ぬく)もりを早くに失ったが、代わりになる人がいてくれた。敬愛する六代ディアマン伯爵だ。歴史ある家の七代目を血の繋がらないギルバートに継がせ、彼はそれを隠し通して亡くなった。彼のおかげで今、ギルバートはこの屋敷に住んで政界に出入りし、この少女に哀れみを感じながら膝に乗せてやれている。

それも紙一重だ。どこかで歯車がズレていたら、自分は文字を知る前に野犬に食い殺され、この世にはなかった。

――ティア・アシュリーには保護者が必要だ。信頼のできる誰か。

例えば、それが自分なら？

ロクでもない考えが、ちらりと頭に浮かんだ。

（いや。ティアは人間だろう、人間）

マナーハウスに連れ帰ってしまった犬や猫のように、ただ愛でるだけというわけにはいかない。人間一人を引き取るのは相応の覚悟がいる。相手の社会的人生まで背負うだけの、かの義父、六代伯爵ほどの覚悟が。

ギルバートは黄ばんだ紙を破かぬよう丁寧にめくる。自分にとっても大半は訳の分からない言語の羅列だが、ティアの母による注釈だけを拾い読みしていく。

「『エメラルド。癒やしの石。解熱剤に使う。粉末を大麦八十粒分のませる』。まるで薬だな」

顎の下で、ティアのつむじがうんうんと上下に動く。

「エ・メル・アルド……このつづり、これね？」

「そうだ。文の頭は大文字になる」

ろくに櫛も通していない猫っ毛が顎にくすぐったい。

明日ブラシを届けさせようか。足の爪の先から頭のてっぺんまで磨き上げて着飾らせてみたいものだが、本人はドレスなんかじゃ仕事がしづらいと嫌がるだろう。

この娘は、理不尽への対価として与えられる物を享受すればいいのに、それをしない。自分の中に確たるルールがあるのだ。要る物と要らぬ物とを選り分けるそのルールは、全て宝石士としての己が軸になっている。社交界の婦人たちが渇望するディアマン伯爵夫人の地位も、彼女にとっては要らぬ物のほうだとは。

(本当に何もかも、俺の知る女性とはちがう)

「ギルバート、こっちは？　こっちのお母さんの字」

せっつくようにあどけない顔が上を向いた。さっきまでの緊張は、本に夢中になって忘れたらしい。ギルバートは微笑み、彼女が指す文字に目を移す。

「『カブト虫とバッタの翡翠ブローチ。エナメルを塗るのは楽しい。都会ではトカゲや蝿のモチーフが流行中だそう。私は蝿は嫌い。虫なら蝶がいいわね。エレガントだわ』」

「蝿は嫌いなんだ、お母さん。そうかぁ」

ティアがころころと素直な声で笑う。膝に抱いたままだと彼女の笑顔が見えない。ふっくりとした桃のような頬に、睫毛の影が落ちている。この娘はどんなふうに笑っているのだろうかと、ギルバートは胸が疼く。

かわりに見下ろせるティアの小さな手の甲は、傷だらけだ。斜めに走った大きな白い線。指の爪は一度割られたようにへこんでいる。人差し指も、中指もだ。ギルバートは温もっていた胸が一気に冷えた。

本に添えられていた彼女の手を外し、指を開かせる。ひっくり返した内側の柔らかそうな肉にも、ヤケドの跡か肌色が変わっている部分がある。

引き攣れた肌を指でなぞると、ティアはびくりと体を跳ねた。

「な、なに？」

「……君は、家族や村人に虐げられていたわけではないな？」

「えっ？　シイタゲ――、いじめられてたってこと？」

驚いたどんぐり眼が、首を仰のけてギルバートを見上げた。彼女はギルバートの心配の色を読んだのか、ぱちぱちと瞬きしてから大慌てで首を横に振る。

「まさかだよ。あ、傷跡は仕事中のだよ。夢中になって火床に置いたペンチをうっかり握っちゃったり、ハンマーの目標を外して指を打っちゃったり。いじめられてなんてない」

「そうか」

ギルバートは詰めていた息を吐きだした。エスモンド達職人にも同じような傷があるのかどうか、彼らは工房でも社交場でも手袋をしているから分からないが、こんなに生々しい女性の手傷を見るのは初めてだ。

ティアは傷だらけの手を自分でさすり、シャツの袖を伸ばして中に引っ込めようとする。

「汚い手、ごめんね、気持ちいいものじゃない」

「……汚い？　それこそまさかだ」

心底驚き、彼女が隠そうとした手を掴み止めた。

片手にすっぽり収まってしまう、この小さな手。この手がシトリンの指輪を生みだしたのだと思うと、やはり不思議だ。

緊張に強張るうっすら汗をかいた指を、親指で優しく撫で広げる。

宮殿の女たちの手袋に隠された指は、白くふくよかで……そう、芋虫のようだと思った事がある。ティアの手は細くて硬い。そして彼女の言うとおりに傷だらけだ。貴族の父親ならば娘の手指にこんな怪我の跡が残ったら悲鳴を上げるだろう。

だが懸命に修行に打ち込んできた、宝石士としての誇らしさに満ちた手だ。なにも隠す必要のない、剥き出しの命そのものだ。

「……美しいよ。君の手は」

心から、そんな言葉が漏れた。

そしてそんな風に感じる自分にこそ驚いてしまう。まだ何かに感動できるような真っ当な人間の心が残っていたのかと。

「ギ、ギルバート。あたし都会の人のジョーク、びっくりしちゃうよ」

ティアはますます小さくなってしまったが、俯いた彼女の耳どころか、うなじもつむじまでもが薔薇色に染まって、なんと愛らしいことか。

「俺は本気だがね」

ギルバートは笑い、今度こそ文章に目を落とす。そうして彼女の求めるままに母親の手跡を追った。

暖炉がぱちぱちと丸い頬を温かく照らしている。

胸にもたれる生き物の重み。小さな呼吸の音。教えられたばかりの言葉をなぞる少女の声。

聴いているうちにひどく安らいだ気持ちになって――。

気づけば、眠ってしまっていた。


揺り椅子からそっと降りたティアは、彼に毛布を掛け、その寝顔に見入る。

亜麻色の長い睫毛に、陶器のような頬。カメオに彫り込みたいような鼻梁から顎の完璧なライン。まるで神の祝福を一身に受けて生まれ出でたような造形だと、つくづく思う。

それに耳の後ろから鼓膜をくすぐる彼の声は心地よくて、いつの間にか膝の上ですっかりくつろいでいた。あれほど痛くて怖かった人間の言葉と、同じ言語とは思えない。

(そうだわ。この人に守護貴石を作ってあげるのはどうかしら。王子様に謁見できるまでの三日間、字を教えてもらうお礼にちょうどいいわよね)

勝手にそうと決めたら楽しくなってきた。急いで自分の部屋に宝石の見本箱を取りに戻り、深く眠っている彼の手に、サファイアの原石を滑り込ませてみた。

石に問うまでもなく確信がある。このサファイアが森の倉庫で「呼ばれた」と言っていたのは、このギルバート・セイナーの事だったのだと。

果たして――、

「わっ！」

炸裂した光に腰が抜けた。サファイアが石の核から激しい歓喜をほとばしらせる！　いつもは囁くような石のこえが、今は嬉しいと叫んでいる。

何千何万という石と触れあってきたが、こんなに鮮烈な光は初めてだ！　耳を打つほど大きな石のこえ、今まで一度だって聴いた事がない！

「……なんだ？」

部屋中を照らす光の中、ギルバートが目を開けようとして、眩しげに顔をしかめた。

「すごい、すごい光！　この石はあなたの！　あなたを待ってた石だよ！」

ティアは彼に飛びつき、指を開かせて輝くサファイアを見せる。本人は寝ぼけた目を何度も瞬いて眉をひそめた。

「今、このサファイアが光っていたのか？」

「光ってたって、今もキラキラすごいでしょ？　それに聴こえない？　サファイアが喜ぶこえ、嬉しい嬉しいって、すごい！」

眩しすぎて目を開けていられない。手をかざしながら言うと、ギルバートは不思議そうに首を傾ける。

「さっきは眩しくて目が覚めたが、今は、光も声も全く感じない」

「ああ……。あなたさっき寝ぼけてたから、そういう時は視えやすいのかな」

「そうか……。少し残念だが、しかし美しい石だな」

ティアが彼からサファイアを受け取ると同時に光は収まった。ティアはホッと息をつくが、サファイアのほうは恨めしげに瞬いて、拗(す)ねてしまったようだ。

『大丈夫よ。あなたを最高のカタチに整えて、彼の守護貴石に仕立てるから』

石をそっと撫でて慰(なぐさ)める。

――はやく。はやく。

我を忘れた自分を恥じらうような小さなこえが返ってきた。誇り高いサファイアらしいなと微笑むと、ギルバートがこちらを見つめていた。

「君は、本当に石と語り合えるのか。さっきのあの本の言葉で？」

「う、うん？」

「フリなどではなく、本当に」

ギルバートの瞳が信じ難いものを見る色になっている。……よくある事だ。そしてその後、信じてくれたのなら恐怖に、そうでないならペテン師めと嘲(あざけ)る光が閃(ひらめ)く。

「おかしな事じゃないよ。あなたも寝ぼけてた時は光が視えた。本当は誰でも聞こえるんだ」

「俺にも？」

ティアは大きく頷いた。

「昔は誰だって石と語り合えた。でも今は世界が騒がしすぎるから、人間は目と耳を自分で閉じちゃってる。そうしないと喧(やかま)しすぎて暮らしてけないんだと思う。あたし、森なら暮らしやすいけど、やっぱり都会は音も色も何もかも多すぎて、すてきだけど、とても疲れる。石のこえが人間に届かなくなっちゃったのは、分かる気がするよ」

「……君はまるで、人間よりも石の側にいるようだな」

「うん。あたし、石に生まれたかったんだ」

心底そう答えたら、ギルバートは目をぱちぱちと子供のように瞬き——そうして、ふっと笑った。いや、笑った……のだろうか。ひどく寂しい顔に見えたのだが。

「君の話す不思議な言葉は、とても耳に心地よかった。石の世界もきっと静謐で優しいんだろうな。人間も石の囁きを忘れぬままでいられたなら、俺達はあんな——、」

彼は言葉を止めた。我に返ったように口元に片手を当てて黙ってしまう。

——あんな、なに？

ティアは眉をひそめ、石の傷を確かめるようにまじまじと見つめてしまった。しかしすぐに不躾な事をしたと気がついて、慌てて目を伏せる。

「あたし、このサファイアであなたの守護貴石を作る。王子様に会えるまで時間があるから、作ってもいい？　指輪かな。カフスボタンとかタイピンでも、何でもいいよ」

前のめりに話しかけると、彼は慰められたと思ったのだろうか。誤魔化すような笑みを取り繕った。

「俺の為に作ってくれるのか？　嬉しいな。……そうだな、夜会に使えるタイピンが欲しかったところだ。石と語れる魔女の守護貴石なら、良いお守りになってくれそうだ」

「わかった、タイピンだね。……あのねギルバート。守護貴石は本当にあなたを守ってるよ。今はそういうのを本気で信じてる人は少なくなっちゃったけど、あなたが持ってるこれまでの守護貴石も、このサファイアも、あなたを守りたいって想ってる。だから……」

だから――なんだと言うのだ。この人がなぜ哀しい瞳をしたのか分からないが、元気を出してなんて、この人にとってなんの存在でもないティアが掛けて届く言葉じゃない。

（ただ私……、さっきみたいな無邪気な笑顔のほうを見せてもらいたくて）

中途半端に口を噤んだティアに、彼は「ありがとう」と頷いてくれた。

「だが私のものよりも、王冠作りを優先で頼むよ。戴冠式まで日がないからな」

貼りつけられた美しい微笑みの裏はティアには読めない。だが彼が「王冠」と口にしたとたんに、蒼穹の瞳が硬い氷の色に変わった気がした。

手のひらの石に、目を落とす。

サファイアはティアを急かすように小さく明滅していた。

4　王都エリウ

『どう？　最新のセッティングじゃ、裏を塞がないで光を通すんだって』

――いいね。ひかりこそ、わたしにふさわしい。

『それでね、あなたを台座に固定する爪は表に出したくないの。せっかく思いっきり光を入れるんだもの。全部を光り輝かせたい。難しい挑戦なんだけど、やってみていいかしら』

――ティアにまかせよう。きみはきっと、わたしをふさわしく、したててくれる。

カットを終えたサファイアは、おしゃべりもますます快調だ。

蒼を統べる王者の石、誇り高きサファイア。

彼の為の台座は金でも銀でもなく、何にも負けない強靭なプラチナがいい。だがティアは地金すべてをプラチナで作るのは初めてだ。プラチナは硬すぎて、金や銀なら容易く細工できるはずのところで力加減に苦労する。

初日はサファイアや脇に添える小粒ダイヤ達をカットして整え、翌日は念願の燃石ガスパイプを使い、溶かしたプラチナを叩いて台座を成形した。後はひたすらヤスリがけ。石留めの手前までに随分と時間を食ってしまった。

王子が外遊先から戻ってくるのは今日のはずだ。昨夜ギルバートが、さっそく謁見のタイミングを見つけてくれると約束してくれたから、サファイアの守護貴石はもう仕上げなければ。

小粒ダイヤの最後の最後、三十四個目を留め終わり、後は主役のサファイアを据えたら完成だ。

目頭を揉みながら、満を持して待ってくれていたトレイの彼を引き寄せたところで――、

「馬鹿なのか、お前は!?」

エスモンドがティアごと椅子を蹴り下げてまで、作業机の前に割り入ってきた。

青ざめた形相で睨みつけられ、ティアは何事かと身をすくませる。

「な、なにっ？」

「いいや馬鹿だな！　ここまで立派な結晶を三つに割るなんて、決定だ馬鹿め！　どこで手に入れたか知らないが、このビロードの光沢、小アナム島鉱脈のサファイアだろう!?　あそこからはもう二度と採れないんだぞ！」

本気で怒っていると分かって喉が詰まった。周りの職人もなんだなんだと集まってくる。

ティアは松脂で固定したタイピンの台座を外し、エスモンドに渡した。

「サファイア、タイピンのここに嵌めるんです。だから三つに分けた」

台座は縦に尖った楕円形――アーモンド型の穴枠に仕上げてある。石を三つ並べてこの穴にぴったりと収まるようにカットしたのだ。

上下には、斜めに厚みをとった小さな三角形のサファイアを、真ん中には五十八面体のブリ

リアントカットの一番大きなものを配置する予定だ。

「まったく意味が分からない。ここに嵌めるなら、そのままこの形に削りだせばよかっただろう。マーキーズカットでぴったりだ。お前、カットに失敗して割ってしまったんだろう！　あの十八カラットはあった幻の鉱脈の石を、なんてもったいない事を……！」

「し、失敗してないですっ。これで成功！」

「嘘(うそ)をつけ！」

負けじと言い返すティアに、エスモンドはぎりりと歯を鳴らす。

「工房長。ちょっといいですか」

野次馬していた年かさの職人が、一番大きなブリリアントカットの石をひょいと攫(さら)っていってしまった。あっと声を上げる間もなく、彼は指に挟んだ石をルーペで観察して、その顔をみるみる強張(こわば)らせていく。

「……なんてこった」

「そんなにヒドいのか」

エスモンドは自分もルーペを眼窩(がんか)に嵌める。

「いいか、この彼は優秀な研磨士だ。次に石をカットしたい時は、お前の為ではなく哀れな石の為に、発注は彼に――」

裸石(ルース)の位置を調整しながら語る途中で、エスモンドは口を噤(つぐ)んだ。ごくりと喉を動かし、手首をひねって石をひっくり返し、右に左に斜めにあらゆる方向から石を確かめる。

（な、なに？　私また怒られる？）

——その時、背後からぽんと肩に手が乗った。

「賑やかだな。まるで花の蜜に群がる虫のようだ」

突然の思いも寄らない声に、心臓が口から零れそうになった。いつの間にやらサファイアの精が上から覗きこんでいる！

「ギルバート！」

「愛しい妻よ、昨夜の勉強会ぶりだね」

毎晩字や計算を教えてもらっているというのに、ふいに外で会うと、やはり彼の美貌に目が驚いてしまう。しかしまだ議会に出ているはずの時間だが。

ティアに微笑みを向けたギルバートは、職人達をぐるりと見回して肩をすくめる。

「皆、ようやく私の妻の魅力に気づいたらしいが、何があったのかね」

「……これですよ。あなたの守護貴石用に、アシュリーがカットした石です」

エスモンドが渋面でトレイを突き出すと、ギルバートは両の瞳を楽しげに煌めかせた。彼はすぐさまサファイアにルーペのピントを合わせる。

「——素晴らしいな。完璧なシンメトリーだ。森の店で見させてもらったシトリンの指輪も、素晴らしく端正なカットだったよ」

「あの、あたしね、ここの職人さん達のカットを横から見てて驚いたの。あたしが知ってるカットより下の部分がすごく浅い。それで上の部分は広い。最初、ダイヤをケチって使ってるのかと思ったけど、ちがうんだね。このプロポーションが一番光をいっぱい取りこんで、一番、効率よく反射してキレイに輝くんだ。いくつか試しに削って比べてみたの。答え合ってる？」

エスモンドとギルバートは同時に、しかもそっくり同じ角度で眉を上げた。

(正解の顔？)

この表情は寄宿学校で字や計算と一緒に学ぶのだろうか。

ティアも真似して眉を上げてみると、職人達の誰かがブッと噴き出して笑った。

「アシュリー。伯爵様を立たせておくわけにもいかない。場所を変えるぞ」

エスモンドは鼻の上に皺を寄せ、腰を浮かせる。だがティアは彼の袖を引っぱり止めた。

「待って。後ちょっとだから、これ仕上げちゃう。あ、でもやっぱりエスモンドさんは行っていい。ギルバートだけ待ってて」

「お前……っ！」

青筋を立てたエスモンドだが、ギルバートや職人達が笑いを堪えているのに気づき、口を噤んだ。

ティアはさっそくプラチナの台座を作業台に固定し直す。

まずはピンセットで枠の中央にブリリアントカットの主石を置き、三角形の石を上下に配置。

こうして縦に三つ並べると、〇・一ミリの誤差もないアーモンド型になる。

真ん中の五十八面体は一際強い光を放ち、カット面の少ない上下の石は、甘やかな輝きだ。

「モチーフは猟犬の瞳なの。伯爵家の紋章もステッキも猟犬だから。真ん中がキラキラする光彩の部分で、上下の三角は白目のところね」

なるほど、と視界の端でギルバートが頷く。

だが瞳をそのままデザインすると、洗練されたギルバートにはあまりに野趣的でバランスが取れない。あえて縦に配置することで、一見、瞳と分からないようデザインしたのだ。取り巻く小粒ダイヤの装飾と相まって、天空から降り落ちてきた蒼い空の雫にも見えるだろう。

ティアはおしゃべりを止めて唇を横に結んだ。

――さて、ここから一気に仕上げだ。

三つの石の位置をピンセットで微調整して、よしと感じたところで大きく息を吸う。

外周のプラチナのレールにタガネの先をあて、カンッと最初の一打。

タガネを僅かにずらして一回打ち、更にずらしてもう一回、迷いのないリズムで上下の三角を素早く台座に固定していく。ふっ、ふっと短い息をつきながら作業を続けるティアの左右で、ギルバートもエスモンドも身じろぎしない。

(お願いね、プラチナ。しっかりサファイアを支えてあげて)

最後の一打！

指先で石の留まり具合を確認する。プラチナで留めたのは白目の外周だけだが、レールに触れていない真ん中の光彩までしっかりと固定されている。

ティアにとっても初めての挑戦で、どうなるか分からなかったが――、大丈夫そうだ。

「まさか……、上下のサファイアを使って中央の石を留めたのか？」

　エスモンドが信じられんと低い声を漏らした。

「そう、当たり」

「石で石を留めるなんて、聞いた事も見た事もないぞ！」

「あたしも。エスモンドさんが言うとおり、三つのサファイアの間に石留めの爪が入ったら、邪魔に見える。だけど猟犬の眼光の強さが欲しくて、真ん中のブリリアントカットは絶対に外せなかった。――だからサファイアの三角で、真ん中の石を上下から支えてみようって」

「み、みようって、そんな、なんてバカげた発想だ。誤差〇・一ミリで幻の石が台無しになるところだぞ。ちょっとでも力加減を間違ったら、石も割れて砕けていた」

「そう！　だからすごく緊張した！　冷や汗、まだすごい」

　ティアはエプロンを握って手汗をふく。

「……バケモノめ」

　エスモンドが脱力して椅子に腰を落とした。彼も息を詰めていたのか、大きく肩を下げる。

　ティアは完成した守護貴石を手に、ギルバートの前に立ち上がった。

「――ギルバート。あなた、立ち向かうものがたくさんある。だから猟犬の瞳になったサファイアが、悪いものを跳ねのけてくれるって。サファイアがそう言ってるよ」

　完成したタイピンを差し出すと、彼は黙してそれを見つめた。そして思い切るように受け取り、今つけていた真珠のピンと取り換えてくれる。

　シルクのタイに蒼い辟邪の瞳が輝いた。

「………とても、とても気に入った。ありがとう」

吐息のような呟きが、ティアの耳を震わせる。

「不思議なものだな。私には石のこえが聴こえるはずもないのに、このサファイアが私を本当に守ってくれると、なぜだか分かる」

「心でちゃんと聴いてるんだよ。ほら、喜んでるの、視える？」

彼の胸元に留まった石がまばゆいほど煌めくのは、巨大な天窓から差す光のせいだけではない。サファイア自身が喜びの光を放っているからだ。

ティアは一歩下がってギルバートとタイピンを眺め、とても似合っている事に心から満足した。三つになったサファイアの瞳が、揃ってティアを見つめて微笑んでくれる。

石は仕立てて持ち主の手に渡れば、もうティアとは言葉を交わしてくれない。それが石達の作法らしいが、その時が来るたびにティアは少し寂しくなる。しかし一仕事終えた嬉しさと、手渡した相手が喜んでくれる嬉しさは、やはり何物にも代えがたい。

(私は、宝石士で良かった)

ギルバートが美しいと褒めてくれた傷だらけの両手を開き、あながちお世辞でもなかったのかもしれないなんて誇らしくなってしまう。

「エスモンド。どうだい私の妻の腕は」

「どうもこうもない、えらい迷惑ですよ。ろくな修行もせずに容易く技を盗まれたんじゃ、うちの職人の士気が下がる」

「あ、あたし修行したっ。おばあちゃんすごく厳しかった。毎日ずっと石の事ばっかり」

「知るか」

ご機嫌のギルバートに対し、エスモンドの機嫌は最低ラインを突きぬけて更に下らしい。

ようやく三人で応接室に移動したが、浮かれたティアは満面の笑みだ。ギルバートも笑顔で紅茶のカップに口をつける。

「それにしても守護貴石のこの仕上がり。王冠(クラウン)の魔女の実在を信じたくなってしまうな。エスモンドの片腕として雇い入れるかね」

「うちには魔女なんて要(い)りませんよ。気味が悪い」

「ティア、覚えておくといい。この男は悔しい時、子供みたいな憎まれ口を叩く」

ギルバートは一度留めたピンを外して、またしげしげと眺めている。よほど気に入ってくれたみたいだと、なんだかこそばゆくなってしまう。

するとエスモンドがピンを横取りして、ふんと鼻を鳴らした。

「僕なら猟犬の眼(め)なんて、流行から外れた古代趣味なモチーフは使わないね。そもそも男はこんな派手なピンじゃ使いづらいだろう。一粒石を控えめに一つくらいでいいんだ。ダイヤで飾り立てたサファイアなんて、この人じゃなきゃ恥ずかしいほど浮くぞ」

「そうだな。私でなければ似合わないだろう。そしてこれは私の物だよ、エスモンド」

ピンを奪い返し、タイにつけ直すギルバート。そして己の美しさを見せつけるように艶然(えんぜん)と笑ってみせる。胸元のサファイアまでもが得意げだ。

ぐっと唸るエスモンドに、ティアはテーブルごしに真剣な顔を寄せた。

「じゃあ今の流行ってどんなです？　うちの店にある王立工房のカタログ、何年も前のなの」

「なんでうちのカタログが、お前の店にあるんだ」

「お客さんが忘れてったヤツ。おばあちゃんは守護貴石は流行を追うもんじゃないって言ってたけど、やっぱり新しいデザインだと、お客さんが喜ぶ。あ、蝿とかトカゲ、まだ流行？」

「蝿！　大昔に、それも一瞬きりだ！」

「蝿はダメか……。あたしもそんな好きじゃない」

なるほどなるほどと頭に入れる。一作完成させてホッとしたところなのに、興奮してきた。

「あ、エスモンドさんは王冠に星のデザイン入れてました。せっかく夜も街灯で光が煌めくようになったんだから、いろんなカラーストーンで満天の星を華やかに表現してみたら――、」

「馬鹿が。夜も輝くからこそシンプルな美しさが求められるんだ。下品な輝きは身につけた本人まで下品に見せる。色を盛るな。不必要なものは極限まで削り落として、知的に見せろ」

「そうか……！　今の時代は光が強くて輝きやすいからこそ、逆に気を使わないといけない？　今まであたし、いかに輝かせようってばっかり考えてた。これからは要らなくなる癖だね」

覚えておきたい情報が多すぎて必死に頭の中にメモをしていると、「覚えるな、忘れろ！」と叱られてしまった。

隣に噴き出す音が響いた。なんだと思ったら、ギルバートが顔の半分を手で覆って笑っている！

「妻は職場で上手くやってるようだ。ひと月経つ頃には、エスモンドが帰したくないと言うに違いない」

「長い付き合いですが、あなたが笑い上戸だったとは知りませんでしたね」

ギルバートは親友の冷ややかな視線を笑って流し、カップを置いた。

「私も知らなかったよ。さて、そろそろ私も話の輪に加えてもらおうか。ティアには宝石士としての腕だけではなく、こちらも磨いてもらう」

「こちら――?」

彼の目線の合図を受け、部屋の隅に控えていた従者がドアを開けた。

とたん屋敷で見覚えのあるメイド達が、大荷物を抱えて中に入ってくる。壁沿いに居並んだ隊列は、なぜかティアを揃って凝視してくる。

「エスモンド。私はこのあと妻と殿下の謁見に向かうが、君も同行するか?」

「いいえ遠慮します。僕はあのワガママ王子の為に、名を隠して王冠を作ってやらなきゃいけない忙しい身なんでね。失礼しますよ」

エスモンドはティアを一睨みしてから部屋を出ていく。

謁見――と、ティアは口の中で言葉を転がした。

「王子様!　とうとう会える!?」

「ああ、非公式だがね。だがさすがに伯爵夫人が宮殿でその……ではな」

ギルバートはぶかぶかのお古の作業着と、バーナーで少しばかり焦がしたエプロンに目をやり、声を低くしたものの、ボロ、と言ったようだ。ティアは耳がいいのだ。

※

「あたし、息が詰まって死ぬかもしれない」

「すまないね。結婚契約書にサインした仲だというのに、苦しみを分かち合ってやれなくて」

「男の人もコルセットっていうの、これ、つけてみればいいんだ」

宮殿へ向かう馬車は小刻みに揺れる。車輪の振動がこんなに脇腹の骨に響くと思っていなかった。ティアはクッションに埋もれたまま動けない。

先ほど工房へ派遣された五人のメイドは、ティアの顔にクリームをせっせと塗りこみ、眉をオイルで撫(な)でつけ、ランプで熱くしたアイロンで髪を挟んで巻きあげ、コルセットなる〝肋骨(ろっこつ)締めあげ下着〟で本来存在しないくびれをこしらえ、床に突き刺さりそうなヒールの編み上げブーツを履かせ――、後はなんだったか、そう、よろめくティアをペチコートの波のなかに放り込み、ドレスの背中のボタンを延々と留め続けて、ようやくの事で完成させてくれたのだ。

一人前の淑女というものを。

そしてティアはこの気力体力を奪う恐るべき衣装のまま、偉い人に会う度(たび)に、上半身をまっすぐに保ちつつ膝(ひざ)を曲げる挨拶(あいさつ)をするという、過酷な任務が課されている。練習だけでティアの太腿(ふともも)はすでに筋肉痛だ。

窓に映った自分の顔を、げっそりと眺める。

真っ黒な獣みたいだった髪が、軽やかにふんわりとレースのリボンで飾られている。顔を隠していた前髪も全て顔の両側に編みこまれ、明るすぎる視界が心もとない。

おどおどと下がった眉に、真っ黒に光る燃石の欠片みたいな瞳。体は貧相なのにぷっくりしている頬。自分はこんな顔をしていたのかと、ティアは自分自身で驚いてしまう。

そう、着飾った貧相なネズミだ。エスモンドに野ネズミ呼ばわりされたのも納得だ。

その上、ドレスの上からかけた布鞄がどうしようもない田舎臭さを放っている。見本箱も仕事道具も母の本も全部詰まっている大事な鞄だから、これだけは手離せないと猛反対を押し切って身につけてきたが――、

(ギルバート、私を宮殿に連れてって恥ずかしくないのかしら)

頼みこんで王子に会わせてもらうのに、今さらそんな事が心配になってきた。隣の席にちらりと目を向けると、タイピンを眺めていたはずの彼が、いつの間にかこちらに視線を移している。ティアはぎょっとして首をすくめた。

「な、なぁに?」

ギルバートは自分でもティアを見つめているのに気づいていなかったらしい。ピンを取り落としそうになり、彼らしくない慌てた素ぶりで握りなおした。

「いや。……君は王都を発ったあとも、その格好でいるといい。客が淑女の扱いをするようになるだろう。君を森に送る時には、馬車に山ほどのドレスを積もうか」

「それはいらない。こんな格好で火を使ったら、引火してあたしごと燃えちゃうよ。何かくれるんだったら、あの燃石ガスバーナーがいい。あれ、すごかった！」

「バーナーを？　そんな物を女性に贈るのは初めてだな」

笑われてしまったが、ティアは楽しそうなギルバートから目を離せない。彼が明るく笑ってくれているのも、彼の胸に自分が作った守護貴石が飾られているのも、どうした事か特別に嬉しい。ティアは自分も笑い返そうとしたが、慌てて途中でやめた。ネズミの笑顔なんて見せられても良い気分はしなかろう。

「ティア」

名を呼ばれて俯けた顔を上げたら、唐突に頬を両サイドから手で挟まれ、ぐいぐい押し上げられた！

「なにひゅるの」

「………………何でもない。失礼」

納得いかぬ口ぶりで手が引っ込んでいく。

（な、な、何だったのっ？）

すごい距離に近づいてきた美貌に、ティアの心臓は熱したプラチナほど熱くなる。動揺収まらぬままに彼から遠ざかると、ギルバートは仕切り直すようにこちらを見つめてきた。

「ティア。そのドレス、とても似合っているよ」

「ええと、……ありがとう？」

お世辞でも、目も当てられないほど酷（ひど）いわけではないのかと、少しばかり安心する。

「君の甘い顔立ちと柔らかな黒髪にぴったりだ。張りのあるサテンではなく、総レースで仕立てさせて正解だったな。まさしく野に揺れるレースフラワーの花のように可憐（かれん）だよ」

「う……うん。このドレス、本当に職人さんの手間がすごいね。どこかに引っかけて破っちゃわないか心配だ」

裾を持ちあげてみて、花模様の繊細なレース生地に、一体どれだけの時間と労力を要したのだろうと、別の種類の職人とはいえ唸ってしまう。その努力の結晶を着ているのがネズミなのだから、申し訳ない気持ちでいっぱいだが。

「ご婦人を微笑ませるのは容易いと思っていたが……」

彼の何か求めてくるような視線に、ティアは首をひねった。

「あっ、ええと、ギルバートはすごく素敵だよ！　いつもキレイだけど、今日もキレイ。サファイアの精霊みたいって、あたしずっと思ってたの」

「それは、どうも」

ギルバートは急に面白くなさそうな顔になり、窓の外へ目を向けてしまった。答えを間違ったらしいと言葉を探そうとして――、ティアは息を呑（の）んだ。

窓の景色の空に、今、赤い点が覗いた！

「ねぇ、今の！」

ティアはギルバートの太腿に手を突き、向こうの窓へ身を乗り出す。

「おい、君っ」

「待って」

ガラスに額を押しつけ、建物と建物の間にわずかに覗く灰色の空を目で捜す。気のせいではない。やはり尖塔の脇にぽつんと赤い星が瞬いている。

「ティア、膝から降りなさい。淑女がはしたないぞ」

「だってあなた勉強教えてくれる時、いつもあたしを膝に乗せる。それよりあれ見て。あの赤いの何だろう。星じゃないよね」

「赤いの？」

ティアの真剣な口調に、ギルバートも狼狽えた表情を真顔に戻した。一緒に覗き込んでくれるが、彼は首を横に振る。

「この時間に星は出ないだろう。大体こんな霧の日に、太陽だって隠れているよ」

「視えないの？　あんなにハッキリ光ってるのに。あの高い塔のすぐ脇。右側だよ」

指し示しても、ギルバートの眉間の皺が深くなるばかりだ。

「書類の読みすぎで目が悪くなっちゃったの？」

「私は視力は悪くない。狩猟も得意だ」

君の顔だってよく見えている——とこちらを向いた瞳が、ティアの瞳とまともにぶつかった。

鼻先の触れそうな距離に、亜麻色の睫毛に縁どられたサファイア。

驚いて見開いたその瞳が、押し上げられた下まぶたにクッと細くなる。ティアも呼吸を止めて喉を鳴らした。唇の皮膚に、彼のかすかな息がかかる。

——生きている。この美しい人は宝石ではなくて、生きて息をしている人間なのだ。

唐突に実感してしまった瞬間、自分が平気で手を突いている膝の体温にギョッとして、全力で飛びのいた。

窓に背骨がぶつかった痛みも、爆ぜそうな耳の後ろの血管に気を取られ、全く感じない。

「ご、ごめん、あたしホントに近かったね」

「……いや。構わない」

彼は口を覆って咳ばらいをする。二人が黙り込んだら、車輪の音がやけに大きく響いてきた。

「——ところで君。字の復習はしてるのか」

気まずい空気になる前に、ギルバートが話題を変えてくれた。ティアは急いで大きく頷く。

「う、うん。してる。主な宝石のつづりは覚え終わったよ。工房から帰ったら、あなたが家に帰ってくるまでずっと練習してるんだ。あ、これは昨日のお手紙の返事」

彼は手紙を開くと、ふむと息をついて万年筆を取りだす。見る間に綴りにチェックが入っていく。唸るティアに、ギルバートは「よくできているよ」とねぎらう声を掛けてくれた。

「君は勤勉だ。それに頭の回転も速いし覚えもいい。ただ教えてくれる人間がいなかっただけだ。本人にヤル気があると違うものだな。前の生徒より優秀なくらいだ」

「前の生徒？」

首を傾げると、ギルバートは座席に積まれた書類からノートを引き抜き、ティアの手に載せた。

「よかったらこれを使ってくれ。私の弟分に作ってやったノートだ」

「ギルバート、弟さんがいる？」

「そのような仲というだけだがね。彼には手を焼いたよ。そのノートも中途半端なまま屋敷に置き去りにされていた」

苦笑する彼に、興味津々で一枚めくってみる。

てっぺんに大きく書かれた、端正なリアファル語の文字。隣には……たぶん天使のイラスト。小さな子供が描いたのか、下手くそなのが可愛い。後はひたすら綴りを練習する拙い字が続いている。二枚目、三枚目とページが進むにつれ、乱雑さを正す赤い字の見本が増え、後半は見本の題字とイラストだけ残して、ほぼ空白だ。

（ギルバートって、昔から世話焼きだったのね）

ティアは宝物探しをするような気分でノートをめくる。

彼は今、ティアに対しても過分なまでに親切だ。初めて笑顔を見せてくれた日の宣言どおり、毎日わざわざ仕事を抜けてきて、屋敷で一緒に夕飯を食べてくれる。温かくて美味しいごちそうに、暖炉が燃された温かい寝室。家令やメイド達も最低限の返事はしてくれるようになって、ティアの方が申し訳ないくらいだ。

ギルバートはたいてい食事の後は忙しく仕事やパーティに出掛けてしまうが、朝には便箋一枚の宿題――ならぬ手紙が、菓子を重しにベッドサイドへ置いてある。

知れば知るほど優しい人だ。初めて会った時に感じた恐ろしいほどの冷たさは幻だったのではないかと思えてしまうほどに。

（だって、弟の為にこんなお手製ノートを作ってしまう人だもの）

何かを作る人は、時間と手間を天秤にかけてそれでも相手への想いを形にして託すのだと、ティアは職人だから知っている。このノートに込められた温かな気持ちが、ティアの胸まで温もらせてくれる。

「……ようやく笑ってくれた」

ギルバートがぽそりと呟いた。ノートから顔を上げると、彼が瞳を見開いてまじまじとこちらを見つめている。自分の唇に指をあててみれば、確かに笑みの形に緩んでいる。

みっともないものをと慌てて笑顔を引っこめる前に、彼も唇を持ちあげて笑みを作った。いや、作ったというより……、内側から滲み出てきたような笑みだ。嬉しくて、つい、笑ってしまったというような。その微笑みに、ティアも消しかけた笑みがまた唇に戻ってくる。

人間と微笑み合うのは、石とは違ってなんだか照れくさい――などと考えた、その時だ。

「待て！　停めてくれ！」

ギルバートが唐突に大きな声を出した。

「ひぇっ⁉」

急停止した馬車の揺れに、コルセットが骨へ食いこむ。しかも彼がティアの上に圧し掛かってきた！

「うわわわっ！」

さっきと逆だ。彼はティアを乗り越えて窓を覗き込み、街の景色、歩道を行き交う人達の中に視線を巡らせる。何を捜しているのか問う前に、彼は素早く身を離した。

「ティア、降りよう」

「もう宮殿に着いた？」

心の準備ができていないが、先に降りたギルバートがこちら側のドアを開けてくれた。ティアは外の風に帽子を押さえる。

「――あれ？　ここ、市場？」

大通りの向こう側に、露店がぎっしりとひしめいている。雑然と停められた移動式屋台の間で、大勢の人々が賑やかな声を上げている。

「王都で一番大きな市場だよ」

「あたしたち宮殿に行くんじゃないの？」

そう訊ねながらもティアは大市場に目が釘付けだ。森の近くの町市場なんて比にならない人出に、数えきれないほどの店が軒を連ねている。極彩色の果物を奇跡的なバランスで積み上げた台車、日除けの幌を差しかけた魚屋や、コーヒーの屋台、花屋、焼き菓子の店もあるみたいだ。胸が躍ってきょろきょろしてしまう。

しかしその背景に、また空に光る赤い点が目に入った。

市場の人々は一人としてアレに注意を向けていないが、誰もあの星の嫌な感じに気づかないのだろうか。都会の人はみんな視力が弱いなんて、そんなはずはないだろう。

「ねぇ、ギルバート。あの赤いの、本当に視えてない？」

　彼の袖を引いた瞬間、

「やあ！」

　いきなり後ろから肩を叩かれた！

　勢いをつけて振り返ったティアの鼻先に、見知らぬ青年が身をかがめている。ティアは反射的にギルバートの背中に隠れた。

「あらま。ごめんごめん、驚かせたね。驚かせるつもりだったけど、こんなにビックリされたら僕もビックリだよ。気絶しないでね？」

　満面の笑みの彼はギルバートよりもいくつか若い――十五、六に見える青年だ。まじまじとティアを観察するその丸い瞳は、まだ少年の色が濃い。彼の瞳は瑪瑙(めのう)か琥珀(こはく)か。全体の爽(さわ)やかな雰囲気はアクアマリンのそれだ。それとも明るく強く輝くサンストーン。そう、太陽みたいに明るく屈託ない笑顔の人だ。

　ティアは幾分か警戒を解き、ギルバートの背中から顔を覗かせる。

　彼がくたびれたボーラーハットを上げてみせると、くしゃくしゃに乱れた柔らかな色味のブロンドが現れた。着古したジャケットは型崩れしているし、アスコットタイは色褪(あ)せている。

　市場で働いている青年だろうか。

「ギル。このお嬢さんが噂(うわさ)の奥様？」

「そうですね。王冠を作り終えるまでは」

ギルバートは青年の額を二本指でツイッと押し返し、ティアとの距離を遠ざける。しかし青年は笑顔を崩さずティアの手を取った。

「こんにちは、レディ・ディアマン」

「こ、こんにちは。ティア・アシュリーです……」

おずおずと挨拶を返すと、すかさずギルバートが耳元に「ティア・アシュリー＝セイ、、、ナー、、」と訂正を差し挟んでくる。

「セ、セイナーです。ええと……？」

伯爵を親しげに呼び捨てにできる、しかも庶民らしき青年。二人の関係を推し図るには難しすぎて、ティアは首を傾ける。すると青年は瞳を輝かせて明るく笑った。

「なんだぁ～、ギルのお嫁さんってどんな人って訊くと、みんな黙りこくっちゃうからさ。よっぽどおっそろしい魔女なんだろうってビビッてたけど、愛らしい娘さんじゃないの」

（この人、あたしが魔女役だって知っているんだわ）

ならば王立工房の職人か。しかし工房長で男爵位を持つエスモンドですら、ギルバートには畏まった口調だった。なのにこの人は更に彼を愛称で呼ぶとは、どんな立場の人なのか。

「イアン！」

混乱するティアの真上、宙をかすめて黄色い物が飛んできた。イアンが捕まえたのは一輪のラッパ水仙だ。大通りの馬車から、通りすがりの花屋が手を振っている。

「よう、久しぶりじゃないか。景気はどうだい！」

「最悪だよ。彼には可愛いお嫁さんが来て、僕には来ない。君のところには？」

「嫁さんは来ねぇけど、商売はぼちぼちだよ。議会が戦争税を撤廃してくれただろ？　なんでもかんでも馬鹿みたいに高かったのが少しはマシになったかな。それでも焼け石に水だってディアマン卿に伝え――、」

　男はイアンの陰になっていたシルクハットの美男を視界に入れるなり、ぎょっとして馬を停めた。

「おやまぁ、伯爵様がおいででしたか！」

　慌てて帽子を取りかけるも、ギルバートに手で制されてしまい、申し訳なさげに前を通過していく。彼の後も次々と市場の人達がイアンを見つけては声を掛けてくる。皆なにか品物を放って寄こし、すぐに伯爵の存在に気づいて背筋を伸ばして去っていく。ついでに彼らの間で立ちつくすティアに、好奇の目を向けながら。

「すごい……、あなたとても人気者だ」

「ハハッ、本当に人気なのは君の旦那さんだよ。このまえ議会で演説をぶって、更なる植民地計画を止めてくれてね。みんな余計な税金を掛けられてヒイヒイしてたから大喜びさ。僕は皆の声を〝庶民の味方〟ディアマン卿へ届ける橋渡し役で、この贈り物はそのお駄賃ってとこ」

　腕一杯に花やらパンやらフルーツやらを抱え、彼は勝手に伯爵家の馬車に乗り込んでいく。

「ほら、ティアもさっさと乗った乗った」

「え？　イアンさんも一緒に行くの？」

　ぽかんとして振り返れば、ギルバートは頭が痛いという顔でティアに手を貸し、馬車の中へ促してくれる。

　隣に腰を下ろしたティアに、イアンは上機嫌の笑顔を向ける。

「魔女のイメージってさ、顔を髪で隠した妖しい黒ずくめのおばあさんだったんだけど。まさか白いレースのドレスに青いリボンの、妖精のように可憐な少女だったとはねぇ。うんうん、素晴らしいや。僕もこっちの方がずっと楽しいよ」

　顔を髪で隠した妖しい黒ずくめは……、大体いつもそのとおりなのだが。

　ギルバートが向かいに着席し、三人の準備ができたところで馬車が動きだした。

「一応言っておきますが、妻にちょっかいを出さないでくださいよ。彼女は純真なんです」

「分かってるって。いくらなんでもギルの奥さんに手は出さないよ。だけどさ、この子をギルの奥さんにってのは設定が厳しいんじゃないの？　ギルは今年で二十三だよね。僕と彼女だったら、まだ歳の差がマシだけどさ」

　イアンは山となった贈り物の中から黄水仙を抜き、ティアの髪に挿す。

「あなたの結婚相手にしたら、私がするより大騒ぎですよ」

　ギルバートまでイアンに倣って花を飾り始めた。紫のクロッカスにブルーベル、淡い色の野バラ。二人に遊ばれるティアは頭がだんだん重たくなっていく。

「まぁ確かにギルの言うとおりだけどさー。でもギル、これじゃ完全に幼女趣――、」

「歳の差結婚なんてのは、昔からありふれた話です」

ギルバートが冷え冷えと遮ったところで、ティアは前に傾きかけた首をえいやと持ち上げた。

「あ、あの。さっき言ってたギルバートの弟って、イアンさんの事？　このノートの」

もらったばかりのノートを掲げてみれば、イアンはああっと飛びついてきた。

「懐かしいなぁ！　これ僕が小さい頃に使ったヤツだよっ。ギル、僕を弟って言ってくれてたの？　嬉しいなぁ、お兄ちゃん！」

「やめてください。ティア、彼は――」

「僕はなぜかディアマン卿と大の仲良しの、新聞記者のイアン・エバンズだよ」

「新聞記者さん！」

なるほど陽気で社交的なこの人にぴったりの職業に思える。納得して大いに頷くと、花を挿し続けていたギルバートは手を止め、あからさまな溜息をついた。

「ただの新聞記者が、伯爵家の馬車へ我が物顔で乗り込みますかね。嫌な予感がして市場経由で来て正解でしたよ。無駄にすれ違うところでした」

「だって市井の調査もしたかったし、ギルは僕の動きくらい読むだろうしね。それにティアだっていきなり堅苦しいとこじゃリラックスして話せないだろ？　それにさぁ、魔女が来るって情報、大臣達が聞きつけたらしくって。呼んでもないのに私も私もってうるさいんだもの」

「おや。もう漏れましたか。工房の職人達は口が堅いから、もう少し引っ張れると思ったんですがね。全くどこに耳があるのやら。まぁ、この時期に私が急に妻を迎えるなんて、魔女を王立工房に招き入れる為としか考えられないでしょうが」

「あー、そうそう。あいつら、ギルが法律違反して王立工房に庶民を入れたって言いがかり付けようとしてたんだよ。だけどちゃんと結婚証明書を出してあったでしょ。何にも言えなくなっちゃって、すんごい悔しがってたもん」

「彼らの考える事くらい、見当が付きます」

悪い顔で微笑むギルバートに、負けず劣らずの悪い笑みを返すイアン。不穏な様子にティアは窓際へ身を寄せる。

「それもだけど、ギルったらさすがだよねぇ。普通だったら大醜聞な結婚だけど、ご夫人達はむしろギルに同情的だったよ。あの方は、魔法の王冠作りと法の遵守を両立させる為に、進んで自らの戸籍を汚した英雄ですわ――とかなんとか」

「うんざりするほど夜会を巡ってご機嫌とりをした成果があって何よりです。私があなたの隣に立ち続ける為には、今、人気を落とすわけにはいきませんからね。イアン殿下」

話を聞き流していたティアは、聞き捨てならない言葉に目を見張った。

「――殿、下?」

たぶんそう言った？

ティアのひっくり返りそうな心臓を察したギルバートが、取り鎮めるように背中を叩いてくれるが、その振動でコルセットの骨が食いこむ。

「そうだ、ティア。この御方が我が国の王太子、イアン・エヴァレット殿下だ」

『嘘でしょ!?』

思わず叫んで立ちあがった拍子に、馬車の天井に頭を打ちつけ、髪に盛られた花がぼろぼろと落っこちた。

「わぉ。今のって魔女の島の言葉かい？　素晴らしいな、もう一度しゃべってみておくれよ」

色とりどりの花を頭からかぶった王太子殿下は、嬉しそうに太陽の瞳で笑った。

※

イアン王子は外遊先でも隙（すき）を見つけては遁走（とんそう）し、新聞記者イアン・エバンズとして市井の調査に出ていたらしい。ギルバートのあきらめきった調子からして、彼の奔放（ほんぽう）な振る舞いは今回に限った事ではないようだ。

「殿下。せっかく大臣達をまいてらしたなら、私の屋敷でお話ししますか？」

そう申し出たギルバートに、イアンは首を横に振った。宮殿にティアに見せたい物があるそうだ。それに王冠に使えそうな国宝の宝石コレクションも準備してくれていると聞いて、ティアは俄然（がぜん）やる気になった。

（国の宝になるほどの、素晴らしい石達に会える――――！）

「ティア。宮殿に上がったら私から離れず、なるべく黙っていてほしい。すぐに殿下が人払いしてくださるから、心配することはないがね」

　ギルバートの励ます口調に、石で一杯になっていた頭が急に冷えた。

「離れずにって、なにか、キケン？」

「宮殿で君に話し掛けてくる人間は、私の敵と思っていい。殿下が王立工房の王冠を拒否した今、皆どうせなら自分が用意した『魔女』を代わりに据えたい腹だ。そしてあわよくば、私が『偽者』を連れてきたと文句をつけて立場を悪くしたいんだよ。おそらく今回の接見中も君の揚げ足を取ろうとするだろうから、気をつけてくれ」

「う、うん。分かった。ギルバートの敵が、宮殿にいるんだね」

　自分の言動次第でギルバートの足も引っ張るという事か。責任重大だと、ティアは頷きながらお守りの腕輪を握りこむ。

「敵がいるっていうか、ギルって枢密院（すうみついん）じゃ敵ばっかなんだよねぇ。かわいそうにね、こんなにイイ奴なのに」

「そうなんだ……。こんなにイイ人なのになんでなの？　かわいそうね」

　頷いたとたん、二人は揃って動きを止めた。

「あっ、ちがう、失礼しました！　ええと、さようでございマスねデンカ？」

「いいよいいよ言葉遣いは。今の僕は新聞記者のイアン君だから。そうじゃなくってさ」

　彼はなぜかそっぽを向いているギルバートをニヤニヤと眺める。

「森で育ったからこんな曇りない心なのかな。駄目だよ、ティア。強引に拉致されて結婚させられたのに、こんな悪い男を信じちゃあ、痛い目みるからね」

「あなたに言われたくありませんね」

からかうイアンに、ギルバートはむっつりとして眉を上げる。

イアンとおしゃべりする彼は、本当にお兄さんの顔をしている。

そしてお日様の笑顔の弟は「まぁ、そんなわけでさ」と、帽子の花を挿し直してくれた。

「大臣達は僕と仲のいいディアマン卿が何かと邪魔なんだよ。彼らは未熟な王太子を思うように操りたいのに、ギルが何かと間に入ってくるし、しかも庶民院の議題をどんどん通しちゃうの。植民地政策だって、陛下も大臣ももっと強気で進めたかったみたいだけど、結局ギルの演説で風向きが変わっちゃったんだよね。戦争や植民地で儲けてた奴らは、歯を食いしばって悔しがってる。ギルみたいな懐柔政策じゃ植民地で暴動が起きるってさ」

肩をすくめるイアンに、ギルバートは鼻を鳴らす。

「無暗に押さえつける方が暴動が起きますよ。それに今のタイミングで戦争を再開したら、この国は内側から瓦解する。戦争に耐えられるだけの国力が残っていないんですから」

「ぼ、暴動っ、戦争……!?」

森の隅で百年前と変わらぬ暮らしをしているティアには、そんな言葉は社交界と同じくらいに縁遠い言葉だ。青ざめて二人に身を乗り出す。

「この国、そんなに大変なの？」

「大変……ではあるな。大きく広げた植民地を抱える今、交易船から疫病が持ち込まれ、流民も大量に本国に流れ込んできている。外界に隔てられた島国ゆえに地理的幸運に護られてきたが、今後はますます国を健康に保つのが難しくなっていく」

「地理的幸運じゃないよ、ギル。それはゲアラハの加護だ」

ギルバートに、イアンがやけにきっぱりと口を挟んだ。

「ギルは信じてないけれど僕には分かる。このリアファルが今まで奇跡的に平穏でいられたのは、魔法の王冠が護ってくれていたからだ。だけど、今はその加護が明らかに弱まってる。植民地では主食のジャガイモがやられたし、飢えた移民が王都に流れてスラムを作ってる。そこにも流行病が蔓延しているんだ。僕はその様をこの目で見てきた。今やこの国は死の床についた病人だよ。早く加護を取り戻さないと、このままではリアファルは終わってしまう」

ティアは言葉を失くして彼を見上げる。

――そうだ。王太子殿下はお伽話の魔法の王冠を信じているから、エスモンドの作品を受け入れなかったと聞いている。そのワガママ王子と目の前の陽気で人懐っこい青年が、ティアの頭の中で初めて、一人の人間として重なった。

王子様は本当にお伽話を信じているのだ。魔法の王冠が、今もなお国を護っていると。

ティアは腹底がうすら冷たくなって、彼からそっと視線を外し下ろした。

(……なら。イアンさんにとっての私は魔女役ではなくて、本物の――王冠の魔女)

「だからティア。僕の為に魔法の王冠を作ってね。本物の、護国の魔法がかかった王冠を」

つむじの上に響いたイアンの声が、ずしりと重たく圧し掛かる。ティアは足元に落ちた花びらを視界に、そのまま顔を上げられない。

だって、これは嘘じゃないか。しかもひどい嘘だ。心から魔女の王冠が欲しい人を相手に、分かっていて偽物を突きつける事になる。

（私は馬鹿だわ。王冠を作るのは勉強になってありがたいなんて思っていたけれど、そんなに簡単な事じゃなかった。本物の魔法を必死に求めている人の想いなんて、想像もしていなかった）

職人として恥ずかしいほどの不誠実だ。

ティアは救いを求めてギルバートを見やる。彼は強い瞳でティアを見つめ返してくる。

彼ら二人が求めている言葉は、自分が口にすべき言葉は分かっている。

「はい、作ります」とその一言だけだ。けれどそれを口にするにはひどく勇気がいる。

（おばあちゃんはいつも、石の前で嘘をついちゃいけないって言っていたわ。嘘をつくと口が曇る。嘘を聞くと耳が鈍る。そうやって石と会話できなくなっていくんだ——って）

鈍く痛み始めた心臓をドレスの上から手で掴んだ。一度や二度の嘘じゃ変わりないかもしれない。でも、もし石のこえが聴こえなくなったら？　そうなったら私はどうなる？

守護貴石は作れなくなる。森に小さな畑はあるけれど、麦は作れないからパンを食べられなくなる。なによりおしゃべりする友達がいなくなる。あの暗い森で話す相手も訪ねてくる客もいないまま、ぽつりと一人。……本当の孤独だ。

呼吸が浅くなって、息を呑みくだした。これは自分の不誠実のツケだ。祖母だったら王子を騙す依頼だと知った時点で、頑なに拒否しただろう。

恐る恐る見上げたイアンの瞳が揺れている。彼の信じる「魔女」が何も答えないから不安になっているのだ。もしもこの瞳がティアを試してやろうとか、どうせ本物じゃないんだろうって疑う色だったなら、用意された偽者なんだと明かして詫びられたのに。

(どうしてイアンさんは、なんの根拠もなく私を魔女だと信じられるの？　国が暴動だ戦争だって大変な中で、藁にも縋りたいくらいに辛いから？)

明るい笑顔の人なのに、いや、だからこそかえってティアも胸が苦しくなる。ティアよりも年下の若者が背負っている「国」なんていう途方もないモノ――、大きくて重たすぎて想像してみる事すら難しいが、向かいに座る彼はここで息をしている生身の青年なのに、それを決して放り出せないのだ。

ティアには王冠の魔女が持つ呪力なんてものはない。けれど、彼の不安に寄り添い和らげる守護貴石としての王冠ならば、作れるかもしれない。

ティアは銀の腕輪を手で覆い、強く握り込んだ。そしてイアンの瞳を見つめたまま……頷いてみせる。こんなにひたむきに救いを信じている瞳を、絶望させる事なんて、とてもできない。

「作る。あたし、作るよ。魔法の王冠を」

震える声で言い切ったとたん、全身から冷たい汗がドッと噴き出した。

「ありがとう！　本当にありがとう！　期待してるね、ティア」

イアンは安堵の面持ちで手を握りしめてくる。手袋ごしにも彼の指は熱くて、体温を失くしている自分に気づかれやしないかと、ティアは肝を冷やす。

（とんでもない嘘をついてしまった……！）

初めてついた嘘が、こんな国に関わるような大きな嘘だなんて信じられない。

「ティアは魔女ってより天使だよね。ギルが絆されちゃったのも分かるなぁ。――さぁて、話がまとまったところで、僕はこの格好だから抜け道から行くね。それではお先に」

馬車を停めるなり、彼はステップも下ろさずに軽やかに着地する。そのまま立ち去りかけたが、思い出したようにティアを振り返り、再び手を取った。

そしてティアの手の甲に――、

「うひぇっ」

「また後で。僕の可愛い魔女さん」

押しつけられた唇の、柔らかな感触！

「ね、ねぇ、ギルバート。なに今のっ。くちびるを手の甲に？　く、くちが！」

未知の感触に動転するティアに、ギルバートは無表情でドアを閉めきった。

「出してくれ」

馬車が大きく揺れて動きだす。

しんとしてしまった車内は、妙に居心地悪い空気が流れている気がする。

「……あの？　あたし何か失敗しちゃった？」

手の甲をさすりながら首をかしげれば、彼は急に我に返った顔になる。

「いや、そんな事はないよ。素晴らしく完璧だった。殿下は君が王冠（クラウン）の魔女だと信じてくれた。ただ……嘘をつかせてすまなかったな、ティア」

詫びられて、ティアは急いで首を横に振る。

自分で選んで口にした言葉だ。魔女役を演（や）ると決めたのだから演りきらねばならない。本物の魔法はかけられなくても、王子が本物だと信じてくれるような王冠を、全身全霊で作りあげるしかない。

ティアは覚悟を決め、座席に立てた爪に力をこめる。

――すると、ギルバートにその手を捕まえられた。

「あ、ごめん。爪立てちゃった。立派な布地が傷むね」

「そんな事はどうでもいいんだ」

彼はティアの手を掴む力を強くした。

大きな手に握りこまれ、血の気の失（う）せた氷みたいな指が少しずつ温もっていく。この優しい人は、大嘘をついたティアの恐怖を分かち合おうとしてくれているらしい。君のせいではないのだと、彼の伏せた蒼い瞳が呟いている。

その気持ちに、ティアは喉の奥がきゅっとすぼまってしまう。だが選んで嘘を吐いたのは自分自身の口だ。それを忘れてはいけない。

……しばらく馬車が走るうちに、外の景色が延々と続く、巨大な堂々たる鉄柵に変わった。

宮殿だ。とうとう着いたのだ。

時代めいた衣装の衛兵が門を押し開けてくれる。

「ティア。宮殿の装飾は私の屋敷のものよりもずっと素晴らしいよ。君の守護貴石づくりにも役に立つだろう。まずは宮殿と、そう、王室の宝石コレクションも楽しんでくれ」

ギルバートは勇気づけるような力強い笑みを浮かべる。だがアーチ門を見上げるその横顔は、初めて会った日に見た氷の瞳だ。

彼の胸元で、守護貴石のサファイアが挑むように煌めいた。

※

一刻も早くティア・アシュリーを森に帰してやらねば。

イアンの唇が彼女の手の甲に触れたとたん、ギルバートは唐突にそう思った。歳近い二人の微笑ましいやりとりが、目に焼きついて離れない。

彼女をエスコートして宮殿のアーチ門をくぐりながら、まぶたを下ろす。

たぶん自分はこの純真無垢（むく）な生き物を、外の世界に触れさせるのが嫌なのだ。汚したくないから大事に安全な場所へしまいたいなんて、まるで初めて宝物を手にした子供じゃないか。

都会の霧、宮殿に渦巻く憎悪、黒い駆け引きに穢れた手、機知とは名ばかりの世辞や皮肉。そんなものはティアにはふさわしくない。まだ純粋さを残すイアンよりも、この宮殿で穢れきった自分自身の存在が、彼女には最もふさわしくない。

肘にまわされた小さな手が、緊張に強張っている。

たった一つの嘘をつくのにも、全身に冷や汗をかかずにいられないような清い心だ。文字を一つ教えてやれば、宝石の一粒を手のひらに載せたように瞳を輝かせた。おかえりなさいと小走りに駆けてくる一生懸命な姿を見たくて、「屋敷に帰ってやらねば」が「帰りたい」に、いつの間にかすり替わっていた。

穢れたこの腕を、たった一つのよすがに歩く小さな体。

だが前を向く黒瞳が意外なほどに強い光を灯して煌めいているのを、本人は気づいていない。普段どおりに長い前髪で隠してしまいたい衝動に駆られて、ギルバートは奥歯を噛みしめた。

イアンも美しいと思ったろう。何にも穢れていない彼女の瞳を。

しかし我々の手から黒い染みを移す前に、森に帰してやらねばならない。それが無理矢理にここへ連れ出した者の責任だ。

肘に力が入ったらしい。ティアが不思議そうにこちらを見上げてくる。

無垢な瞳に微笑んでみせながら、そんな自分の笑みすら醜く思えて、まともに彼女を見返せなかった。人の美しさに臆するなんて、この少女が生まれて初めてだ。

5　沈黙の城

ティアはギルバートの横に並び、衛兵が守る長い長い廊下を歩いていく。

まるで装飾の洪水だ。柱や階段の彫刻も天井画も、何もかもが規模が違う。

森の店に来たあの富豪の親子は、この宮殿を訪れた事はあるのだろうか。王都エリウのそのまた中心、あの煌びやかな人達にとっての最頂点の舞台を、なぜ自分が歩いているのだろう。

「ね、ねぇ。イアンさんはここに住んでるの？　こんな凄いところじゃ落ち着かないね？」

「ここには王家の他の方々もお住まいだが、宮殿全体で部屋数は七百を越えるんだ。殿下も一つくらいは落ち着く部屋を見つけていらっしゃるだろう」

「な、七百！　お掃除がタイヘンね。一通り掃除するのに一年かかるよ」

「掃除の手も問題ないよ。ふだん奉仕する職員だけでも四百名はいる」

ギルバートとひそひそ顔を寄せて話しながら、案内係の後をついていく。

薄暗い回廊の壁には、巨大な肖像画がずらりと並んでいる。最初に、荒野を背景に馬にまたがる初代救世王の絵。その隣には王冠を両手で掲げる聖女ゲアラハの絵が飾ってある。ゲアラハの彫像は街のあちこちに飾られているが、色のついた絵を見るのは初めてだ。王も魔女も若々しく美しくて、威厳に満ちている。

ティアの目は、ゲアラハが捧げ持つ王冠に吸い寄せられた。金の宝珠をてっぺんに、巨大な深紫のラピスラズリを飾った、どっしりと重々しい冠だ。

「これが最初の、魔法の王冠なんだね……！」

「そう。大地の穢れを清めたという、リアファルの始まりの王冠だ」

どこまでも続く王家の肖像画は、誰も彼もが素晴らしく見応えのある王冠を戴いている。あんぐりと口を開けて歴代王の王冠や身に着けている守護貴石を頭に叩き込みながら歩き——、

「ティア。こちらが現王ヘンドリー陛下だ」

ギルバートが教えてくれたのは、廊下の終わりに掛けられている大きな額縁だ。髭をたくわえた軍服姿の王が、貂のローブを羽織って椅子の前でポーズを決めている。だが体の線は華奢で、眉は下がって瞳は丸く、軍服よりも詩人のローブと竪琴が似合いそうな男だ。

「今の王様……ってことは、イアンさんのお父さん？　優しそうなキレイな人だね」

「そうだな。今はご体調が芳しくなく、表にはお出ましにならないが」

現王の王冠は、金の蔦でエメラルドを支えた、柔らかな雰囲気の作品だ。

（……わくわくするかと思ったのに）

なんでだろう。たくさんの王冠の絵画を見られて嬉しいはずが、じっくり見たい気持ちよりも、この城からすぐにでも立ち去りたい気持ちに急かされている。

足下から這い上がってくる嫌な感じに、歩調すら速くなってしまう。

石壁が冷たいから？　天井が高く寒々しいからだろうか。緊張しすぎているのかもしれない。さっきから鞄の中で見本箱の石達が何か囁いている気がするのだが、靴音が皆の声を消してしまう。

「もっと夢中になるかと思ったが、大人しいな」

ギルバートが見下ろしてきた。眉間に皺を寄せていたから心配させてしまったようだ。

「黙ってるほうがいいって、ギルバートが言ってた」

「違いない。いい子だ」

笑いながら頭を撫でられてしまった。

（いい子――って）

そんな風に言ってくれたのは祖母以来だが、どうした事か嬉しくない。彼が思っているより自分がずっと歳を食っているから……だけではなく、こんなに着飾ってもやはり彼の目には歳相応に映らないのだなと、少しばかり考えてしまった。

ブーツの踵のおかげでギルバートの肩に近くなったし、夜には先生になってもらって、心の距離も近づいた気がした。しかしやはり伯爵様はこういう華々しくて難しい世界に生きる人で、ティアの生きる場所はあくまで森だ。自分が持っているのは、石と語れる言葉と石と戯れられる手、それだけなのだと、ちゃんと弁えている。

（それが最高に幸せなんだ。あたしは石と暮らして石と生きて、最期は石に生まれ変わって）

――可哀想な子。

祖母の別れの言葉が耳に蘇り、ティアは爪先に目を落とす。

（あたしは、可哀想なんかじゃないわ）

胸の黒いさざ波に気づかぬフリをしようとした時、揺らめくドレスの裾に赤い光が瞬いた。

「――えっ」

息を呑んで足を後ろに引くと、やはりブーツの爪先に小さな光の点がくっついている。暖炉の火が飛んできたのだろうか。しかしこんな冷え冷えした廊下に、火の気配なんて微塵もない。

廊下の床に目を這わせ、ぎくりと身が凍った。

肖像画を見上げて歩いていたせいで気づかなかった。石床に赤い光の粒が散らばっている。薄暗い廊下の奥までずっと、まるで火の点いた燃石のカケラをぶちまけたみたいに！

（赤い星と同じ光だ！　石達が怖がっていたあの星と――！）

とっさに鞄の見本箱へ手を添える。

「ティア？」

「う、ううん。なんでも……」

ギルバートを見上げた瞬間、ノッカーを鳴らす大きな音が響いた。

案内係がディアマン卿とその夫人の到着を告げている。忙しく左右に首を巡らせるティアを、ギルバートが訝しげに覗き込んでくる。

「大丈夫か？　もし気分が悪いなら無理をせずに――」

「だいじょうぶ」

ここで引き返すわけにはいかない。王子の為の石を選ばせてもらわなくては。王冠を作ると約束した大きな嘘を更に嘘にしてしまったら、きっと目も耳も穢れきってしまう。

床の赤いモノから目を引き剥がし、前を向く。

扉の向こうに開けていく視界に、覚悟して肺を膨らませた。

「ティア。やはりいたぞ。呼ばれてもいないのに集まってきた、権威の亡霊共が」

ひそやかな声で注意を促したギルバートの視線の先、接見室はとにかく広い！　ダンスパーティでもできそうな広さだ。金属箔の華やかな壁に、シャンデリアを映して輝いている。

その左には見上げるような巨大な鏡が、等身大よりも大きな現王陛下の肖像画。

手前のソファに五人の老人達が掛けていた。黒一色のコートに身を包んだ彼らは、金の光の中に落ちてこびりついた亡霊の影のようだ。

歩み寄ったギルバートに、彼らは貼り付けた笑みで挨拶を交わす。そして夫の腕にぴたりと寄り添っているティアには、わざと目も寄こさない。

「皆さん、お揃いとは意地悪ですね。私抜きで楽しいお話を？」

「まさか！　我々は君を待っていたのですよ。人気者のディアマン伯爵を外す理由がない」

「社交界の話題は、相も変わらず君の事ばかりだ。庶民院の彼らとも、君の口を通さなければ、まともに話もできないというのに」

「いかにも、あの下品で鼻持ちならないヤツらに辛抱していられるのは、貴方だけですからね。その忍耐力を、我々も学ばねばなりませんなぁ」

唇を歪ませて笑い声を立てる彼らは、目が欠片も笑っていない。それに何だろう、一人、ギルバートをねっとりと熱っぽく見つめている男がいる。彼が舌なめずりする蛇に見えて、ティアのほうがゾッと怖気立った。

「私のような若輩は、皆さんに学ばせていただく事ばかりです。今夜も思いも寄らずお会いできて、楽しい夜になりそうだ」

熱視線を受けている本人は慣れた事なのか、その男とやたらに長い握手を交わす。

ティアはギルバートの腕へ回した手に力をこめた。大人しくしていなければと分かってはいるが、サファイアの裸石を脂まみれの手で鷲掴みにされたような嫌な気分だ。許されるなら間に入って、この二人の手を引き剥がしたい。

「ティア。私の敬愛する先輩方を紹介しよう」

ギルバートが次々と紹介してくれる名前は、最初の「総理大臣のジャッド公爵」、そしてギルバートに妙な目を向けている「エボナ侯爵」の後は、すべて耳を素通りしていく。けれど彼らの襟のピン、懐中時計のチェーン、カフスボタンの守護貴石は頭に強く残る。怯えるように光を潜めたペリドットに、濁ったオニキス、褪せたアゲート。どれもこれも石達が疲れきっていて可哀想だ。

「皆さんにご紹介します。妻のティア・アシュリー＝セイナーです」

ギルバートの視線がティアに向くと、彼らは今まさに肩の埃に気づいたとでもいうように、揃ってつまらなそうな目を寄こした。だがティアが威嚇する獣のように鼻に皺を寄せていたものだから、ぎょっと身をのけ反らせる。

「ご容赦下さい。妻はこちらの言葉が得意ではありません。慣れるまでは遠慮させていただくつもりだったのですが、本日は、殿下からどうしてもとのお誘いを頂きましたので」

「そ、そう、随分と遠い場所からいらした方だそうですな」

五人の視線が、慌てて挨拶するティアのドレスの裾から頭まで、品定めするように這い上がってくる。魔女役ならもう少し見栄えのするのを用意すればいいのに、拍子抜けだ――と心中でぼやいているのが、彼らのしかめた顔から漏れ伝わってくる。

「しかしとんだ醜聞ですよ。大所領を託した御子息の妻がこれでは、先代がお嘆きになりますでしょう」

「しかし国の為と思えば形振り構わず何でもできてしまうのは、貴方の美徳でしょうな。田舎者の魔女を己の妻に迎えるなんて、我々にはとてもじゃないが、体裁も気味も悪くて考えられません」

彼らはワザとらしい素ぶりで顔を見合わせる。

ティアは彼らの嫌味を聞き流そうとしながらも、自分が本当に沼底の砂利になったような気持ちになってきて、足下に目を落とした。この部屋の床にも赤い光の粒が点々と光っている。

「皆さんのご推察を違えて、恐縮ですが」

ギルバートが快闊な話しぶりで、大臣達の薄ら笑いを遮った。

「私と妻は愛し合って結婚したのです。私の運命的で一方的な一目惚れをきっかけに。エリウに咲き誇る花々はもちろん美しいが、野に力強く咲く花の一輪も、また違った美しさがあるものだ。私は目の覚めた思いでいるのですよ。ねぇ、ティア？」

見せつけるように腰に手が添えられ、彼の唇がティアの髪にかすめて触れる。

自分を覗き込む彼の、潤んだ甘い瞳。微笑む薄い唇の艶めかしさ。

これが、美男の本気の色気……！

うっかりまともに見上げてしまったティアは、腰が抜けた。だがすでに回されていた腕がしっかと支えてくれる。なんと用意周到なことだ。

「仲睦まじいのは結構だけれど、僕に紹介してからにしておくれ」

靴音を響かせ、涼やかな貴公子が中に入ってきた。

前を横切っていく彼は、面差し鋭く、若い鷹のように精悍で厳しい印象の青年だ。

真っ白なネッククロスに、ぴったりとしたラインの上質のコートをまとっている。軍人さんかしらと見送ったティアは、後ろに撫でつけたブロンドと、きらり光ったサンストーンの瞳の色に、ようやく誰だか気がついた！

（――さっきの、あのイアンさん⁉）

まるで別人の彼は、礼の姿勢をとる大臣達を睨め付ける。

「叔父上と皆は、何か急用でも？　僕が呼んだのはディアマン卿夫妻だけのはずだけれど」

イアン・エヴァレット殿下が乱暴にソファへ腰を下ろすと、大臣達は急に子供をあやすような笑みを貼りつけ、猫なで声になる。

「魔女が登殿したとの報を受けて、馳(は)せ参じたのですよ。我々は、この王冠(クラウン)の魔女が本物かどうか、殿下の御身に危害を加える者でないかを判じる義務がございますから」

「僕が呼んだのはディアマン卿夫人で、ここに魔女が来ているなんて報告は受けていないよ。招かざる客は出ていってもらいたいな」

イアンは不機嫌に背もたれへ身を預ける。尊大な様子に、ティアは本当にさっきの気さくな青年なのかと、無礼ながらも検分してしまう。

大臣達はお互いの顔を見合わせたが、足が絨毯(じゅうたん)に縫い留められているかのように動かない。一方でギルバートはティアを支え立ったまま沈黙している。

張り詰めた空気の中で、ティアは身の置き場なくハラハラと一同を見回すばかりだ。

「僕はすでに王権の代行を正式に承認されている王太子だ。なのに人払いすら満足にできないなんて、王室のメンツに関わると思わないかい？　皆は王権を尊重してくれる人達だと信じていたんだけどな。叔父上だって、王が最も強い力を持つのが国のあるべき正しい姿だ――と、僕にそう教えてくれましたよね」

彼が顎(あご)でさした方向は、廊下へ出る大扉だ。

「……殿下のおっしゃる通りでございますな」

公爵はこめかみに青い血管を浮かべ、とうとう踵(きびす)を返した。

大臣達が部屋を出て、両開きの扉が閉まっていく。その隙間が完全になくなったとたん。

――ギルバートが、フッと微かな笑い声を立てた。

イアンもソファに仰のいたまま、フフッと笑いを漏らす。

「ねぇ聞いた？　叔父上ったらギルに醜聞とか言ってんの。自分も奥さんも派手に浮気してんの、誰にも漏れてないと思ってんのかな。新聞記者イアン・エバンズ君の取材力を舐めないでほしいよなぁ」

「殿下、そのネタはいざという時の交渉に使うおつもりで？　本当に末恐ろしい方ですね」

「誰かさんの英才教育の賜物じゃない？　ささ、ティア、突っ立ってないで座んなよ。今ね、こっそり王室の宝石コレクションを運んで来てもらうからさ」

「ティア、座らせてもらおう。この部屋は壁が特別厚く作られているから、声も気にしなくていい。その靴では足もそろそろ辛いだろう」

急に軽い調子になった二人の視線が集まってきて――、ティアは間抜けに口を開いた。

(え、ええとつまり？　イアンさんはさっきの大臣さん達相手のほうが、演技!?)

理解した瞬間に体中から力が抜けて、へなへなとソファに座り込んでしまった。

「ティア。さっきのあの公爵大臣が、敵の親玉ね。あいつは父上の弟なんだけどさ、本当は自分がてっぺんを取りたいんだよ。だけど王座に就いちゃったら、今の議会制の国じゃ政治権力を失っちゃうだろ？　それでいったん僕を王様に据えて、議会で王権を回復させてから、自分が王座に腰かける気でいるんだ」

「オーケンを……？」

首を傾けるティアに、横からギルバートが説明を添えてくれた。つまり公爵は自分が王になった時に好き放題やれるよう、イアンが王座にいる間に政治のルールを変える算段らしい。

「だけど公爵様はもうおじいちゃんで、イアンさんはまだ若いよ。イアンさんの次を待ってたら、あの人死んじゃうよね？」

忖度ない率直な問いに、二人ともブッと噴き出した。

「そうだ、ティア。彼はおじいちゃんだから死んじゃうな。しかし大臣一派もそれは分かっているよ」

「うん。叔父上の筋書きはこうだよ。人気者の若き王イアンは、民衆の期待を一身に背負って王権回復を叶えたのだが、その矢先に事故だか急病だかで早世してしまう。そこで遺された哀れな民の為、慈悲深き叔父上が嫌々に慈善事業として王様をやってくださる事に——ってね。ギルなんて、僕が消されるとっくの昔に、この世から消えてるだろうけど」

ティアはかくんと顎を落とした。人間の命を消すの消さないの、ここはそんなやりとりが当たり前に交わされる場所なのか。ティアが今まさに座っている、このソファも。

首筋が冷たくなると同時にノックの音が響いて、ティアはソファの上を跳ねた。だが、動き出したのは大臣達が出て行った扉ではなく、暖炉の脇の大鏡だ。その隙間から、トレイを手に手に掲げた女官が列を成して入って来る。

「あそこ、隠し扉になってたんだ」

「殿下がよく使っていらっしゃる秘密の抜け道だ。困ったものだな」

ティアが瞬き、ギルバートが苦笑する間に、テーブルには大小様々な箱が並んでいく。

「こ、これっ、全部宝石なの!?　王様のコレクションッ？」

頭の中から難しい事が一遍（いっぺん）に吹っ飛んだティアは、全力で瞳を輝かせた。

「今回は王冠の主石になりそうな、質のいい大きいのだけね。我がリアファル王国は石の国だもの。各国各地から献上された石、歴代の王が買い集めた石、すでに守護貴石になってるものも含めたら、このテーブルには乗りきらない」

目の前のテーブルを埋め尽くす箱の群れに、ティアは心臓が早駆ける。

「さぁ、仕事を始めておくれ。ティア・アシュリー＝セイナー。僕の魔女よ」

王太子イアン・エヴァレットは挑むような――なのに懇願するような複雑な瞳で、ティアを正面から見据えた。

※

ティアはまず第一印象で浮かんできたサンストーンを、イアンの手に載せてみた。

夏の陽（ひ）をそのまま石に固めたような大きなサンストーンだ。さすが王室のコレクションだけあって透明度が高く、全体のオレンジ色も、深部で燃える赤色も鮮やかだ。傾けると細かな光の点がきらきらと反射する。

『サンストーン、どう？　イアンさんにはあなたがぴったりだと思うの』

石言葉で囁きかけると、イアンは好奇心に満ちた瞳を輝かせる。

………しかし石は光らない。沈黙したままだ。

『サンストーン？　起きてる？』

違ったのか。ギルバートにサファイアを握らせた時のように鮮烈な光を放つかと期待していたが、空振りのようだ。

ティアはテーブルの光の波へ目を戻す。やけに静かだ。初めて会う石達は、ティアが古い言葉で話しかければ「あなたはなんだ？」とざわめき出すのに。

「イアンさん。次、こっちね」

瑪瑙に琥珀、八十カラットごえの華々しいダイヤモンド。星状光彩の入った大粒のルビー。

それとも噛んだら氷みたいに冷たそうな、スクエアカットのアクアマリン？

石に語りかけては次々と取り換えながら、ティアは顔が強張っていく。

（誰も答えてくれない。どうしてなの？　こんな事、今まで一度もなかった）

石は自分の本質に似た相手を、もしくはその時に自分を必要とする人間を選ぶ。だから毎回同じ種類の石が選ばれるとは限らないし、赤ん坊の頃に波長の合った守護貴石が、青年の頃には役目を終えて沈黙してしまうのは、よくある事だ。大きな問題を抱えている人ならば、それを救けてくれるような石が名乗りをあげる場合もある。

だがティアのあたりが外れていたって、せいぜい三つか四つ目で応える石があるはずだ。しかしこの石達は、声が届いているのか眠っているのかすら分からない。胸の底で、焦(あせ)りが小さく波打ち始める。

(私、石のこえが聴こえてない？　さっきイアンさんに魔法の王冠(ギフテッド・クラウン)を作るって嘘をついたから、そのせいで聴こえなくなってしまった？　私、石に嫌われたの……!?)

「ティア？　どうした」

「僕が、何かおかしいのかな」

首を横に振り、震える指先で次の石を探す。

どうしよう、どの石がいいだろう。目を凝(こ)らし、少しの囁きも聴き落とさぬように耳を澄ませる。自分の心臓の鼓動すらも邪魔だ。ティアの必死な様に二人も呼吸を止める。

『お願い、誰か応えて。イアンさんを護(まも)ってくれる石はいないの？』

——わたしを……。

虫の羽が空気をかすめるほどの、小さな声！

聴こえた！

全身からドッと汗が噴き出す。

(よかった！　聴こえなくなったわけじゃない！)

『誰？　今、話しかけてくれたのは誰だった？　お願い、もう一度』

——わたしだよ。わたしだ。

目に留まったのは、ごつごつとした燃石みたいな石、ジェット。すべての光を吸い込んで闇に沈める漆黒の石……黒い琥珀と呼ばれる「服喪の石」だ。

凍りついてしまったティアを、二人が眉をひそめて見つめてくる。

(戴冠式の王冠にお葬式用の石を？　そんなの、無理よ。国の門出の式に不吉すぎるわ)

もちろんジェット自体が不吉なわけじゃない。むしろ魔除けになってくれる石だからこそ喪に使われるのだが、ギルバートもイアンも拒絶するに決まっている。

……けれど、とティアは唾を飲み下した。石の気持ちをないがしろにするほうが、ティアには辛い。それにジェットは何か理由があってイアンを護ろうとしているのかもしれない。どのみち自分は石のこえを聴こえなかった事になんて、絶対にできないのだ。

ティアがジェットを手に取ったとたん、やはり二人の表情が固まった。

「イアンさん、これを試してほしい」

「ティア、この石は駄目だ。君は知らないのかもしれないが、この石は――」

「ギルバート。あたし知ってる。知ってるけど、これなんだ」

「他に使える物はないのか？　このコレクションで駄目ならば、王立工房の在庫を取り寄せてもいい。大体、喪の石がこの場に用意されているなんて、とんだ手違いだ」

手違い……なのだろうか。ティアには石が呼ばれたように思える。

宙ぶらりんに手に載せたままの、黒く光るジェット。するとイアンがジェットを取り上げた。

ギルバートがたしなめる前に、石が反応して輝き出す！　ティアは眩しさに腕で顔をかばった。

鈍い、重い、けれど強い輝き！

「やっぱりこれだ、イアンさんの石。どうしよう……！」

「どうしてもジェットでなくてはいけないのか？　二番目に君が気に入った宝石を使うのは」

「ギルバート。どんな石を使っても、王冠作るのはできる。でも本当にちゃんとその人を護ってくれるかは分からない。それじゃ守護貴石にはならないもの」

　率直に答えれば、ギルバートは考え込んでしまった。イアンは青ざめてジェットを手の内に握りこむ。

――くるしい。たすけて。たすけて。

とたんに耳を打つようなジェットの悲鳴が、彼の手の中から響いた！

「み、見せて！」

　驚くイアンの指を無理やり開かせると、今の今まで輝いていたジェットが、光を失って白手袋の上に転がっている。

（眠っちゃったの？　違うわ。だって今）

「苦しいって……」

「苦しい？　石がか？」

　ティアはジェットを指でつまんで持ち上げた。光の余韻すらない。抜け殻だ。

「死んでる……？」

　激しく割れて核が壊れた石は、死んでしまう事がある。でなければ石の寿命は人間に比べて遥（はる）かに長い。ティアの先祖が集めてきた地下倉庫の石達は、何百年も前からあそこで息をし続

けている。大事に扱いさえすればほぼ永久に命を失う事はないのだと……そう思っていたのに。

今、目の前でジェットが、死んだ。

「なんで」

手が震えて取り落としそうになる。

ジェットの裏から、赤いモノがほたりと落ちた。

——あの赤い光だ！

全身がザッと総毛立つ。床に光っていたソレが、いつの間にかソファにまで這い上がってきている！　横に置いていた布鞄を取り上げると、まるで水に浸したかのように赤い光の粒が滴り落ちた。

ティアは慌てて見本箱の石を一つ一つ確かめ、息もできないままに、ぎっしりと並べられた王室コレクションに目を移した。

……皆、死んでいる。

ティアが森から連れてきた大事な友達も、このテーブルの石達も。

そうか。王室の石に問いかけても反応が鈍かったのは、眠っていたわけじゃない。応える元気もないほどに弱っていたんだ。それで今は彼らも完全に——。

ティアは全身を戦慄かせながら、ギルバートに首を向けた。

「どうしよう。石が、みんな死んじゃった。あたしの見本箱のもこのテーブルのも、ぜんぶ」

「死んだ？」

　ギルバートが眉間に皺を寄せる。

「使えないのか？　ここにある石は」

「だって、死んでる石を王冠にしても、ただの〝物〟だ。守護貴石にはならない」

　死んだ石で作った王冠なんて、骸を贈りつけるようなものだ。

「石を殺してるのはこの赤い光だよ。この赤いの、二人とも視えないの？　これなんなの？　宮殿のあっちこっち、この光が落ちてる！」

「……私には何も視えないが。まずは落ち着いてちゃんと息をしなさい。顔色が真っ白だ」

　取り乱すティアの肩をギルバートが抱き寄せる。

　だがイアンがティアの手首をがしりと掴んで、ティアの視線を奪った。

「――ティア。君に見てもらいたい物があるんだ」

　見上げたイアンは、市場で出会った陽気な青年でもない、尊大な王子でもない、たぶん本来の彼自身の真摯な瞳だ。彼の笑みを消した真顔に、ティアは細くなった喉を鳴らし、滲んだ涙を無理くり呑み下した。

接見室の鏡の扉をくぐって隠し通路をしばらく行くと、地下へ続く螺旋階段が現れた。

（私、どこに連れていかれるんだろう。見てもらいたい物って何？）

延々と階段を下り続けながら、ティアはドレスの上からネックレスの鍵に手をあてる。

森の地下迷路に似ているけれど、空気はずっと重苦しい。ギルバートが後ろから差し掛けるランタンの光が、漆喰の壁に直接描かれたフレスコ画を浮かび上がらせる。

初代王が豊かな森で馬を駆る姿。隣には病み膿んで荒廃した不毛の大地が描かれ、夕焼けに染まる空と大地の絵が続く。そして厳しい眼差しで王冠を授ける、大魔女ゲアラハの姿。王は彼女の前に膝をつき、こちらに背を向けている。

古い時代のものなのだろう。この暗闇のなか、簡素で素朴な線の描写が、回廊で額縁に飾られていた写実的な絵画よりもずっと不気味に見える。

「ティア。正直な話ね。市場で馬車から降りてきた君を見かけた時、僕は落胆したんだ」

イアンが道の先を見据えたまま、苦い声で語りだした。

「だって、魔女っていうにはあまりにも普通のお嬢さんだったからさ。きっとギルが、僕をうまくやりこめようとして適当に見繕ってきた、魔女役の宝石士の女の子だろうって」

図星をつかれたティアは、後ろに続くギルバートを見返った。さすがの彼は平然としているが、ティアは何も答えられずに黙り込む。

「でも君、あの時ギルに『あの赤いの、本当に視えてない？』って話しただろう。それを聞いて、君が本物だって分かったんだ」

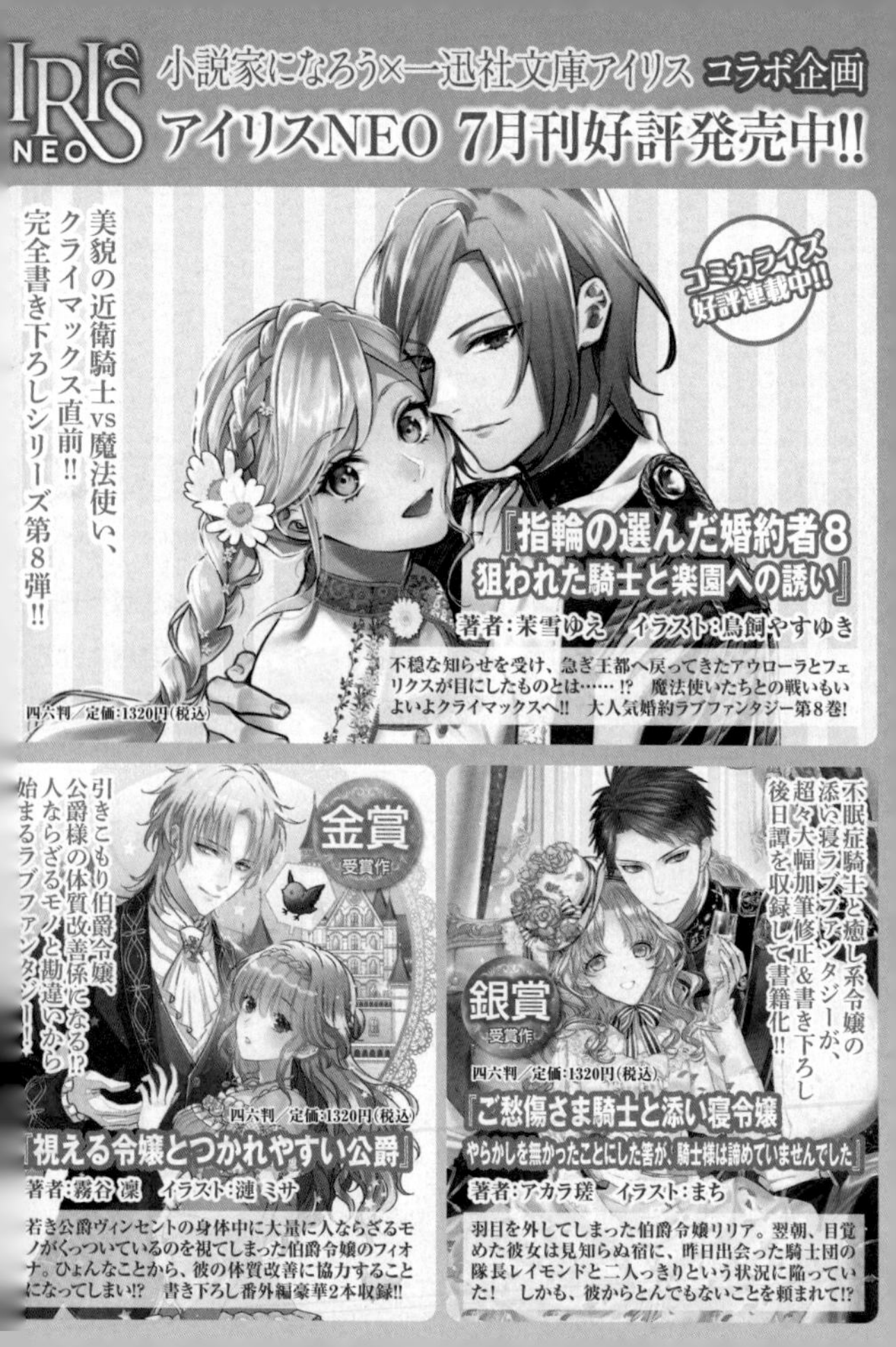

「じゃあ、イアンさんもこの変な光が視えてる……？」

「うん。もう随分と前から」

イアンは突き当たりで足を止めた。

階段を下りきった宮殿の一番底に、仰ぐほどの大扉が立ちはだかっている。白塗りの扉は金の飾りの装飾が施されてとても華やかだが……扉の下の隙間から、赤い光が血のように流れ出し水溜まりを作っている。

床を滑って流れてきた光が、ブーツにくっついた。慌てて振り払った拍子によろめくティアを、ギルバートが受け止めた。

「こ、ここは開けないほうがいいよ。怖いところだ」

「大丈夫だ、ティア。ここは王冠の間——歴代の王冠の保管庫だ。王冠が並んでいるだけで何という事はない。君の仕事の参考にもなるはずだ」

なだめるように優しく言われても、全身が拒否している。だがイアンは懇願の瞳でティアを見つめた。

「ごめん。どうしても、君に見てもらいたいんだ」

彼は問答無用に扉を開けてしまう！

とたん、目を灼きつける眩い真紅の光！

イアンの背中のシルエットを、ティアは腕で目をかばって見送る。

（な、なんなの、この部屋！）

こんな禍々しい光の中なんて絶対に入りたくない。すぐに取って返したいが、……イアンにとって重大な事が、この中にあるのだ。それはきっと、王冠作りにも必要な事で。

(なら、私も行かなきゃいけない)

ギルバートが手を握ってくれたのを頼りに、恐る恐る足を踏みだす。石床全体が濡れたように赤く光っている。ただ眩しいだけではない。吸い込む空気は喉の奥を焼きつけ、真紅の水溜まりは足の力を萎えさせる。

「殿下、ランプを前にどうぞ。真っ暗で何も見えないでしょう」

「いらない。僕もティアも見えているよ。眩しいくらいだ」

両側の棚に、歴代王が使った実物の王冠がずらりと鎮座している。回廊の絵画で見たとおり、代々の王冠の魔女役が作ってきた作品達は、本物の呪力を持つ魔女の手による物なのだと信じたくなる凄まじい細工ばかりだ。

だが赤い光に照らされた王冠達は一様に沈黙して――、いや、もう死んでいる。

鮮やかなはずの石の色彩が皆濁って褪せ、すでに赤い光に殺し尽くされている。

長い部屋の奥に、白いカーテンが掛かっているのが見える。その向こうから放たれる赤い光が、部屋を激しく照らしているらしい。あそこに何があるのだろう。

(西の太陽にまっすぐ突っこんでいくみたいだわ)

王冠の間のフレスコ画が、今のこの部屋の赤い空気と脳裏で重なった。

あの絵は夕焼けが描かれてるのだと思ったが、実は夕焼けではなく、……まさか、この赤い光が噴き出す景色だった？

　ティアはブーツの爪先で赤い水溜まりを払ってみた。しかしすぐにじわりと同じ光が床から滲み出てくる。下から湧いて来ているらしい。

　……下から。地下、大地の深くから？　ティアは自分の思い付きに呼吸を止めた。

「この光、ゲアラハのお話に出てくる大地の穢れ？」

　愕然と呟いたティアに、男二人が足を止めた。

「君と殿下にだけ視えるという、その、宝石を殺す赤い光がか？」

「そう！　ティア、僕もそう考えてたんだ！　ギル、やっぱり僕の気が変になったわけじゃなかったんだよ！　彼女が言うとおり、この赤い光こそがゲアラハが王冠によって浄化したという大地の穢れなんだっ。僕以外にもこうして視える人間がいるんだ、間違いないよ、ギル！」

　胸が不穏に波打った。これが本当に穢れなのだとしたら、恐ろしい事態だ。この穢れの光は、もう宮殿中に広がっていたじゃないか。

　ティアの思考を遮り、イアンが最奥のカーテンをまくりあげた。

　更に鮮烈になった光に、ティアは短い悲鳴を上げて目をかばう。

「これが現王の王冠だよ。今はこの王冠が国を穢れから護ってる……はずなんだ」

　赤い光が眩しすぎて判然としないが、冷や汗が背骨を伝って落ちていく。

（私は、見なきゃいけない。イアンさんの王冠を作るんだから。今のがどうなっているのか、ちゃんと見なきゃいけない！）

ためらう足を叱りつけ、一歩ずつソレに近づく。台座に接近するにつれ、肌にビリビリと灼けるような痛みが走る。顎先から汗の雫が落ちた。

そうして王冠の目の前に立ち、焦げつく眼球を無理矢理に正面へ向ける。

……美しく繊細な王冠だ。

正面の主石は角を取った四角――クッションカットの巨大なエメラルド。金を蔦のように絡みあわせた地金が、同じカットのダイヤを整然と並べ支えて円を描いている。頭頂のオーブもただの球体ではない。一ミリ幅の蔦とバラの花で完全な美しい球に編み上げられている。

凄まじい技術だ。でもどこかで見たような気がする。なぜ懐かしい感じがするのだろう。

無意識に手が伸びてエメラルドに触れた。

が、指に赤い光がねっとりと纏わりついた！　痛いほどの冷たさに、ティアは慌てて手を引っこめる。全身の毛という毛が逆立った。

ひどい穢れだ。この王冠がいま国を護ってるなんて、まさかだ！　それに……、やっぱりエメラルドも周りのダイヤも、全ての石が死んでしまっている。

「ティア、この字。君の持っている先祖の本に似ていないか？」

「え？」

赤い光が視えないギルバートは、お構いなしに真っ赤な台座に顔を寄せている。

「あたし眩しくてよく見えないけど、そうなの？」

「ああ。同じ形の文字があるよ。どこかで見かけた気がしていたが、ここだったのか。私も王冠の間に入ったのは前回が初めてだったから、すぐには思い当たれなかったが。おそらく君の本と同じ言語だよ」

「そうなんだ！」と溌剌と答えたのは、ティアではなくイアンの方だ。

「なら、やはりティアはゲアラハの血脈に連なる者だよ！　本物の王冠の魔女に違いない！　この台座を作った初代の魔女ゲアラハと、同じ言葉を使ってるんだからさ！」

安堵の瞳を輝かせるイアンに、ティアは逆に動きを鈍くする。

（ちがうわ、私はただの魔女役よ）

彼の前で口にはできないが、自分がゲアラハの子孫だなんて話は祖母から聞いていない。国の存亡に関わる大事な役目を負った家系なら、一人きりの孫に伝えないなんてあり得ないだろう。でも彼女は死の床についたってそんな話はしなかった。魔法の王冠どころか、ただの王冠の作り方だって教わっていないのに。

先祖の出身は、確かにそのゲアラハが住んでいたという小アナム島なのかもしれないが、同郷かもしれないというだけだろう。

押し黙ってしまったティアを、イアンがきらきらとした笑顔で振り返る。

「ティア。国を護る魔法の力は、この台座に王冠を載せる事で発揮されるんだと思う。この台座だけは、初代の救世王の時代から手を加える事を禁じられてるんだ。王冠も、継承の儀式でしか台座から離しちゃいけない事になってる。普段の儀式の時に使ってるのはレプリカでさ」

「だ、だけどね。この王冠の宝石は全て死んじゃってるよ。これじゃ国を護れない。そのせいでこの赤い光が出てきたの?」

「きっとそうだ。僕は君にそれを確かめてもらいたかったんだよ。ねぇギルバート。最近の天災続きは、この王冠が死んでしまっているせいだ。護国の魔法が効いていないんだよ」

「……僭越ながら、殿下。現実の諸問題をお伽話のせいにされては困ります。我々は国に生きている人々に、現実的な救済の手を差し伸べねばならない。もちろんあなたが納得のいくよう、ティアに王冠製作は進めてもらいますが」

たしなめる言い方のギルバートに、イアンは苛立たしげに息をつく。

「分かってるよ。でも僕にはこっちも現実なんだ。おかしいじゃないか。リアファル本土に留まらず、今や属国まで作物は根腐れ疫病が襲い、国力は見る間に大暴落だ。それはここ数か月で、大地の穢れが各地に広がってるせいなんだよ。僕は視察して確かめてきたが、この赤い光が地面から滲み出てくるのを、至るところで見かけた」

そして彼のタイピンのサファイアをこつんと叩いてみせる。

「それに、ギルだって信じかけてるんだろう? ティアが本当の魔女だって」

ギルバートは一瞬言葉を詰まらせた。そして自分の守護貴石に手を当てる。

ティアは息を殺し、真っ赤に染まった台座に目を戻す。

大地から滲んでくるコレが石を殺して植物や人間を蝕んでいるなら、穢れと言わずして何と言うのだろう。

そして大地の穢れが実在しているなら、ゲアラハも魔法の王冠も現実に存在していたという事になる。穢れを浄化してくれた誰かがいたはずなのだから。

お伽話と思っていた王冠の加護が現実にある——いや、あったのだと、ティアももう信じている。

足が震えて、ティアは台座とイアンから後ずさった。

大変な事になってしまった。

大地の穢れも王冠も現実で、今はその加護が絶えているというなら。……これまでと全く事情が違う。どんなに必死に真剣に王冠を作ろうが、ティアは偽者で、護国の魔法のかかった本物の王冠の作り方なんて知らない。ゲアラハから呪力を授かった本物の魔女でもないのに、王子にそれを作ると約束してしまった。

「ギル。王立工房にはまだジェットの在庫があるね？　ティアが選んだなら、ジェットの王冠を作ってもらう。不吉な王冠を戴く王だなんて言われても、国の民が苦しみ続けるよりはよっぽどマシだ」

「……ティアには、この部屋に安置するジェットの王冠を作ってもらいますが。戴冠式ではエスモンドの作品をかぶっていただきます。それでよろしいですね」

「ティアの王冠をここに置けるなら、何でもいいよ」

「分かりました。実は先ほど、ジェットを含めて目ぼしい在庫を全て持ってくるよう、すでに王立工房に連絡してあります。間もなく使いの者がこちらに到着すると思いますが」

「ありがとう！　ギルはさすがに仕事が速いね！　ティア、早速使えるものがないか見ておくれ。実はね、ティア。前回ここに来た時、工房長の前の作品も台座に載せて試してみたんだ。ギルは信じてくれなかったけど、あれでは穢れの光は消せなかった。やっぱりどうしても本物の魔法の王冠じゃないといけないんだよ。君が本物の魔女だと確証が取れたし、この穢れの光も僕の幻覚でないことが分かった。ならばこんな息苦しい部屋に用はない。さぁ、明るい地上へ戻ろう！　ああ、本物の魔女が来てくれて本当に良かった！　問題は片付いたも同然だよ」

肩を親しく叩かれ、ティアは身がすくむ。

――良くない。ティアが作った王冠を置いたって、この赤い光は消せない。問題は何も片付かないのだ。

イアンは意気揚々と来た道を戻り始め、ティアも続いて螺旋階段を上っていく。彼の後ろを歩きながら、可哀想で悲しくて、唇を噛んだ。

(この人は赤い光が視えるのが自分だけで、それも今の王冠がすでに穢れている事にも気づいていて……。どれだけ心細かったかしら。だけど自分の損得しか頭にない大臣達はもちろん、信頼するギルバートすら、ちゃんと信じてくれなかったなんて)

そのうえ縋る相手が、ティアみたいな偽者しかいないのだ。

ティアだってどうしたらいいのか分からない。

偽物の王冠でも奇跡を信じて作ってみるしかないのだろうが、人間一人ではなく国中を護る呪力だなんて、途方もないことだ。

だがティアの製作中に、本物の魔女が来てくれる可能性もある。王様の代替わりの時には

「魔女が自らやって来る」はずなのだから、彼女が現れるまでの場繋ぎでも、イアンの心を慰められるのなら全力を尽くそう。ティアはそう決めて拳を握る。

（でも、本物の魔女が現れなかったらどうする？　──そうだわ！　前回の王冠を作った魔女を、また呼べば……っ！）

だが、魔女は王冠を作るとどこへともなく去っていくのか。消息不明なら、その手は無理だとガッカリしかけて──。

ティアは矛盾に気づき、すぐ後ろのギルバートを振り向いた。

「ギルバート、今の王様の王冠は、王立工房で作られたって言ってた」

「そのとおりだ。当時工房長を務めていたエスモンドの祖父が作ったと記録に残っている。その時は少なくとも、本物の魔女なんてものは居なかったはずだ」

ティアはギルバートと共に、階段の先を行くイアンの背を見上げる。

ならば、お伽話で現実だったのは魔法の王冠のくだりまでで、「今も魔女が来る」という部分は作り話ということ？

本物の魔女でなくても魔法の王冠を作れた人間が王立工房にいるのなら、心強いし話が早い。そのエスモンドの祖父に作り方を訊けばいい！　──とまで忙しく考え、ティアはまた絶望に肩を落とした。訊けるのならとっくにエスモンドが訊き出しているだろうし、祖父からも伝えられているはずだ。しかし彼の作品では穢れを収められなかったのだから。なぜ、前回本物を作ったはずの王立工房に、護国の魔法をこめる技術が伝わっていないのだろう。

長い隠し通路の先、ようやく出口が見えた。イアンが最後の一枚、接見室に続く鏡の扉を押し開けていく。

……そもそも、魔女が実在するのか以前に妙なところがある。魔法の王冠が本当にこの国を護り続けてくれていたなら、どうして現王からイアンに代替わりする前に、加護が絶えてしまったのだろう。

今の王様は病気だそうだが、そのせいで加護が弱まっている？　そんなはずはない。守護貴石は持ち主が息絶えるまで守る力を発揮し続ける。そしてあの王冠は王様より先に死んで、大地の穢れを清める力を失っていた。石が人より先に死ぬなんてあり得るのだろうか。あの王冠のエメラルドは割れて砕けているわけでもなかった。

「ねぇ、ギルバート」

問いかけるティアの瞳に、彼は何か感じ取ったらしい。ぎくりと頬を強張らせる。上の扉が開かれ、ガス灯の強い光が彼の蒼い瞳を不穏に光らせた。

「王様って、ほんとは病気じゃなくて、実はもう――」

彼の手が素早く伸びてティアの口を覆おうとする。だが口を塞がれる前に言葉が滑り落ちた。

「死んじゃってるの？」

口を手で覆われたまま、ギルバートの視線の先を追ったティアは目を見張った。こちらを向いて凍りついているイアンの向こう、扉の隙間に、逆光になった老人達の顔が覗いている！

「聴こえたぞ、ティア・アシュリー＝セイナー！」

暗い嗤い声が、隠し通路の中へ大きく轟いた。

※

「ご病床の陛下に対する不吉な呪いの言葉、許されんぞ！　大逆罪だ！」

「あ、あたし、そんなつもりじゃ」

接見室に出るなり、三人は大臣達に囲まれた。ギルバートがティアを後ろへ引きこみ、イアンも前に出て身構える。

「殿下、その女は王家に呪詛をかけた悪しき魔女です。こちらへお引き渡し下さい」

公爵大臣の真面目くさった声に、隠しきれない悦びの色が混ざっている。ギルバートの足場を崩す好機が、嬉しくてたまらないのだ。

ティアは大変な失敗をしでかしたと分かって、全身の血が足まで落ちた。

かばってくれるイアンに続き、ギルバートが普段と変わらぬ冷静な様子で前に歩み出た。

「彼女は僕の客人だ。悪しき魔女などではないよ」

「皆さん、妻はこちらの言葉がまだ得意ではありません。只今の失言も、乱暴に聴こえた事はお詫びいたしますが、あくまで私への問いかけで断定ではなかった。そんなあやふやな言葉が呪詛になると？　答えは否でしょう。――いやしかし、私の妻は偶然にも、魔女ではあったようです。それも聖女と呼ばれる善き魔女のほうですがね。殿下は彼女の王冠でなくては戴冠式に臨めないとおっしゃっていますから、謂れなき罪で捕らえてしまっては、間近に迫った式の進行に障りがありますよ。もちろん皆さんは、戴冠式を先送りにすればどんな事態を招くか、お分かりのはず」

　ギルバートと公爵はどちらも笑みの表情のまま、正面から睨み合っている。

「ディアマン伯爵。熱烈な恋愛結婚のすえの御伴侶をかばいたいお気持ちはお察しします。しかしあなたの魔女が本物だと、証明できるのですか？」

「もちろん可能です。先祖代々継がれていたという彼女の本を、屋敷で見せてもらいました。王冠の間の台座に刻まれていた文字と同じ物です。それが、妻がゲアラハの血を引く者だという証明になる。お疑いなら学者に判じてもらいましょう。公式の場で」

　ティアは母の本を出そうと鞄に手を入れる。しかし気配を察したギルバートに、後ろ手に腕を掴まれた。

「今は出すな。証拠隠滅される」

　耳のいいティアにしか聴きとれない音量で彼が囁いたと同時。

　公爵が高い音を立てて指を鳴らした。その合図に、廊下から衛兵が踏み込んでくる！

「や、やめてっ！」

　ティアは抵抗する間もなく、あっという間に公爵大臣の前に引っ立てられた。

「――公爵ともあろう御方が、随分と乱暴なことをなさいますね」

蒼い炎の瞳で見据えるギルバートに、大臣は忍び笑いで返した。

「私としても望むところではないのですがね」

ゴミを見る目でティアを見下した彼は、脇を通りすぎてギルバートに歩み寄る。

「だが君にとっても状況が変わったのではありませんか？　この少女は我々の秘密に気づいてしまった。ならば絶対に外に出してはならない。それが我々の、最も重大な約束だ」

彼はギルバートの耳の傍で勝ち誇った声を吹き込む。

「愛する奥様にはお可哀想だが、致し方ありませんな」

大臣はギルバートを鼻で嗤い、全身を硬くして立ちつくすイアンには、幼子へ向けるような笑みを作ってみせた。

「ご安心ください、殿下。実は先ほど〝王冠の魔女〟が自ら宮殿を訪ねて参りました。本来、魔女は代替わり前に自ら現れるものと聞いております。伯爵が迎えに行ったこの女は、殿下に害意を抱く偽物の魔女に違いありません。今度こそは伝説どおりの運び、本物の魔女でございますよ、殿下」

6　真夜中の黒玉

レンガから染みだした雨水が、足下に水溜まりを作っている。ドレスの裾に水が滲んできた。

(……寒い)

乾いたところを探してうずくまったティアは、鉄格子の嵌まった細長い空気取りを見上げる。雨に打たれて揺れる草の影。そこから湿った空気が流れ落ちてくる。

膝へ避難させた布鞄に、頬をのせた。

『気をつけてって、みんな、ずっと言っててくれたのにね。私はなんて馬鹿なんだろう。こんなところに連れてきちゃってごめんね……』

見本箱の石達は誰も応えてくれない。大事な友達を死なせてしまった。

宮殿の地下牢に押し込められて独りきりになるや否や、凍えるような気持ちが胸にせり上がってきて、どうしようもない。

(二人はどうなったのかしら。イアンさんは王子様だからきっと大丈夫だろうけど、ギルバートは、大臣から敵扱いだもの)

余計な事をしゃべるなと釘を刺されていたのに、なんて事をしてしまったんだろうか。これまで隙を作らず大臣達と渡り合ってたギルバートの足元に、大きな亀裂を作ってしまった。

大臣の口ぶりからして、現王の死は予想外の急な出来事で、他の国と休戦中の事情がらみか公表できなかったのだろう。それで病気だと偽り、国王の座を空けることなく次代の戴冠式を行ってしまう予定だったのだ。

（大臣の言ってた新しい魔女が、……本物ならいいけれど）

その魔女もティアと同じ偽者だったら、広がりゆく大地の穢れは止まらない。

このまま穢れを放っておいたらどうなるのだろうか。赤い光が国中の土から湧き出して、植物も人も石も侵していく。王都の市場の人達も、ティアの店に来てくれたお嬢様達も、皆が病気になって死んでしまう？

そして森の宝石倉庫の石達は、誰にも知られないまま出会うべき相手にも出会えないまま、土中に埋もれていくのだ。いや、その前に見本箱の石達のように、穢れに殺されてしまうかもしれない。今だってティアに救けを求めて叫んでいるかもしれないのに。

（私、帰らなきゃ……！）

穢れが森の倉庫まで及ぶ前に、どこかへ避難させなくては。衝動に突き動かされ、あきらめの泥沼から身を引きずり起こした。鉄格子を揺さぶってみるが、ティアの非力ではどうにもならない。

そうだ、鞄の工具で錠前を破壊できる!?

さっそく格子の隙間に腕を入れて探ってみるが、鍵は外の岩壁のほうに固定されていて、後ちょっとのところで届かない。息を荒くしながら試行錯誤していると、牢の外の階段から明かりが射し込んできた。

「カビ臭いですね」

「罪人を収容する監獄は他にあるからな。宮殿の牢獄なんて百年単位で使われてないだろう」

「そうでしたっけね」

聞き覚えのある声が二つ。ギルバート！　そしてもう一人はたぶんエスモンドだ！

（助けに来てくれた……！）

脱力しかけたが、続く幾つもの足音に声を呑んだ。

姿を現したのはやはり思ったとおりの二人だ。そして後ろに……衛兵が何人も控えている。

「こんな事になって残念だよ。ティア・アシュリー。君は口にしてはいけない事を口にした」

牢屋に灯りがないせいか、ギルバートの微笑みが不安になるほど暗く見える。

「ギ、ギルバート、大丈夫だった？　大臣に伯爵様を辞めろとか言われてない？」

表情を確かめようと、鉄格子の間に頬を挟んで必死に顔を寄せる。すると彼は眉を上げ、呆れたような息をついた。

「私より自分の心配をするべきだな。君の為には裁判も開かれない。捜す家族もいなければ教区記録簿に名もない君は、この世から消えても、誰も文句を言わないんだよ。好都合な事に」

彼は静かにティアを見つめ下ろす。蒼い瞳は凍てついた夜の底の色だ。ティアは驚いて、鉄格子から顔を引っ込めた。傷一つない完璧なサファイアには、二人で本をめくって過ごした夜の温かな光が、欠片も見当たらない。

「……あたし、もうここから出られない？　でも森の家に帰んなきゃ、あたしの石達が！」

「地下牢に囚われて死を告げられても、心配するのは石の事とはな。エスモンド、同じ宝石士として見上げた根性だと思わないか？」

「コレをまともな宝石士のくくりに入れないでくださいよ。僕ら宝石士は石を扱う人間だが、こいつは人間ってより石の部類だ。人間として踏み越えちゃいけない境界線を越えている」

温度のない顔で言葉を交わす男二人。

ギルバートが鉄格子の隙間から手を差し入れてきて、ティアの頬に触れた。大きな手がするりと肌を撫でていくのを、ティアは呆然と見つめる事しかできない。

「すまないが、私は悪魔に魂を売ってでも、国の為にやらねばならぬ事がある。――君とはここでお別れだ」

指が離れて格子の向こうへ戻っていく。彼はエスモンドと視線を交わし、そっけなく身を返してしまう。ティアは窒息しそうに胸が苦しくなって鉄格子に飛びついた。

「ギルバート！　ねぇ、王冠はどうなるの!?」

「王冠作りの監督権は、宝飾産業委員長の権限と共にエボナ侯爵に譲渡したよ。もう私の仕事ではなくなったという事だ。本物の魔女が殿下の王冠を用意する事になったから、君は安心していい。――それでは、私はこれから引き継ぎの会議なので失礼するよ」

「ギ、ギルバ、」

「エスモンド、彼女の水と食事だけ確認してやってくれ。間もない命だろうが、一応な」

彼はエスモンドの肩を軽く叩(たた)き、本当に階段を上がって行ってしまった。遠ざかる硬い足音がティアの鼓膜(こまく)を打つ。

……力が抜けて、へたりと地べたに座りこんだ。

（私、見捨てられたんだわ）

ティアの失言のせいで、ギルバートは王冠に関わる政治の権限を、根こそぎ他人に譲らざるを得なくなった。これ以上ティアをかばえば、彼はきっと宮殿を去らねばならなくなる。そうなったらイアンの周りに残るのは、自分の守護貴石(アミュレットジェム)まで疲弊させる生き方をする、あの大臣達だけになる。

彼が国と天秤(てんびん)にかけてティアを取るなんて事はするはずがない。むしろしてはならない事なんだと分かるが――、あんまりじゃないか。

ティアは水溜まりについた指を握り込む。

無理やり拉致(らち)されて連れてこられ、仕事もしないままに牢屋で死ぬことになるのか。

王都に来てから自分がした事は何かあったろうかと考えたら、……ギルバートに守護貴石を贈って、友達の石を皆死なせてしまった事だけだ。

（……どうせ、早く石に生まれ変わりたいって願ってた命だけど）

震えながら、こちらを眺め下ろす男に首を向けた。

「エスモンドさん。ここで死んだら、最後は土葬してもらえる？」

土に埋めてもらえればいつか石になれるが、この石牢に放置されたら土に還れない。

「お前は、慣れない都会暮らしに辟易して川に身を投げた――って話になるそうだ」

「ならあたし、川底の砂利に生まれ変わるのかな……」

「そんなの僕が知るか」

エスモンドは鼻に皺を寄せるいつもの表情で吐き捨てる。そして抱えていた木箱の中身を、傾けて見せてくれた。

ティアはがばりと立ち上がり、鉄格子に顔を押しつける。

暗くても分かる！　これはエスモンドが王立工房で作っていた、あの星のオーブの王冠だ！

「完成したの……!?」

夢中になって格子に顔を挟み込むティアに、エスモンドはそれを箱から出して掲げてくれた。

やはり全てプラチナで土台を作っている。メインの石は朝露色のアクアマリンだ。百カラット越えの巨大な物を正面に一つ、左右に二つずつ、全て凛々しい菱形のカットに仕上げてある。

なるほど、イアンの若々しく清潔なイメージにぴったりだ。そしてアクアマリンを装飾する星のモチーフは透明度の高い小粒ダイヤで埋め尽くされて、星雲のように輝いている。

プラチナの台座は、耐久性が許す極限まで細くしたのだろうか、軽やかで繊細で、わずかな光も通して集めて石を輝かせる、この時代ならではの新しい王冠だ……！

「……すごい」

素直に声が漏れた。

自分にこれを作れるだろうかと考えたら、思わず指に力が入る。

「これが今の技術の限界だ。歴代の王冠に比べて遜色ないと自負している」

彼はティアの瞳の動きを見逃すまいとするように、正面から見つめ込んでくる。ティアは大きく頷いた。彼の言うとおり、あの王冠の間に並べても全く劣らない。

「僕のこの王冠は、魔法の王冠になりえるか？」


かすかに震えるエスモンドの声に、ティアは耳を疑った。

お伽話の王冠なんてと笑っていたはずのこの人が、今は必死の目でティアを見据えている。

（どうしてこの人がこんな事を訊くのか、分からないけれど……）

ティアはもう一度、そのきらきらしい王冠に目を戻す。素晴らしい王冠だ。

しかしティアの目では、イアンを選んだのはジェットだった。似合うかと問われたなら、ジェットよりもこのアクアマリンの王冠のほうがずっと素敵だと答えられたけれど。

「たぶん、駄目だ」

怒るかと思ったエスモンドはぐっと息を呑みこんだ。血走った眼で「そうか」とだけ呟く。

「では、お前なら魔法の王冠を作れるのか？　お前は本当に王冠の魔女として、ゲアラハから呪力を与えられているのか？」

ここで作れると言えば、エスモンドの力で牢から出してもらえるのだろうか。そんな考えがに答えるべきだ。

頭をよぎったが。彼が一人の職人としてティアに訊いてくれるなら、自分も宝石士として真摯（しんし）

ティアは冷たい指で鉄格子を掴（つか）んだまま、全力の勇気をもって、首を横に振った。

「ちがうよ。あたしはただの宝石士だ。あたしにできるのは石と話す事だけ。今のあたしにはあなたの技術は越えられない。そのアクアマリンの王冠と同じのを作れって言われたら、無理だ。だけど石のこえに耳を傾けて石の望むように作るのなら――できる」

しばしお互いの瞳を凝視（ぎょうし）し合った。クラウンジュエラーとしての矜持（きょうじ）が煌（きら）めくアメシストの瞳。彼にはティアの瞳はどう映っているのだろうか。

――長い沈黙の後、

「イアンさんを選んだ石は、ジェットだよ。あたしならジェットの王冠を作る。エスモンドさん、そのアクアマリンの王冠、王冠の間の台座に載せてみて。イアンさんなら魔法の王冠になってるか分かる。できればジェットで王冠を作って、そっちも試してほしい」

ティアは彼に託すつもりで声を絞り出した。

「王冠を、よりにもよってジェットで作れと」

「――失礼いたします。よろしいでしょうか」

階段を下りてきた衛兵がエスモンドに礼を取り、水の入った桶（おけ）とパンがのったブリキの皿を見せる。エスモンドが許可すると、牢の小さな扉を開いて中に差し入れた。ティアは思わず足を踏みだすが、すぐに錠を下ろされてしまった。

「……残念だな。お前が作った王冠を見てみたい気持ちもあった。二度と会う事のない今だから言ってやるが、サファイアのタイピン、あれは非の打ち所がない出来だった。もしお前があのまま王立工房にいたなら、そのうち他の職人達も、お前の存在を受け入れてたかもしれん」

侍従に箱を預けて、彼は膝の汚れを払った。じゃあなと背を向けた彼はふいに足を止め、もう一度だけティアを振り返った。いや、彼の視線の先は、なぜか手首の腕輪だ。

「僕の祖父から聞いた話だ。現王の戴冠式の前、王立工房にふらりと魔女を名乗る中年女が現れたそうだ。その女は無数の色石を留めた、銀の腕輪をしていたと」

「え――っ。これと同じの？」

手のひらで腕輪を覆(おお)うティアに、エスモンドはさぁなと首を左右に振る。

「その女が作ったのが、現王の王冠だ。王がどうしてもとおっしゃるので祖父の名前で世に出たが、あの王冠は祖父が作った物ではない。王立工房を差し置いて、ひどい屈辱だろう？　僕は祖父から『お前の代は、必ずクラウンジュエラーが王冠を作れ』と聞かされて育った。……しかし結局その女も、あんな目に遭ってお終(しま)いだ。そしてお前も、哀れなものだな」

顔を上げると、彼は今までで一番人間味のある哀れみの瞳をしていた。けれど一瞬後には踵(きびす)を返してしまう。衛兵達も彼に続き、牢の中はまた暗闇に閉ざされた。

通気口から響く、草をなぶる雨音だけがティアのもとに残る。

「……今の、最後のは、なに？」

ティアの腕輪と同じものをした魔女が、現王の王冠を作った？　エスモンドの祖父は魔女に自分の名前を貸しただけだった？　その話が本当なら、魔法の王冠の実在だけじゃない、王冠の魔女の伝説までゲンジツだったという事だ。だがなぜ王がわざわざ記録を差し替えまでして、魔女の存在を隠したのか分からない。

　しかしそんな事よりも、その魔女がこれと同じ腕輪をしていたというなら――、それはアシュリー家の人間なのでは？

　ティアは震えながら先祖代々の腕輪に目を落とす。銀地に小さな色石をちりばめた色鮮やかな腕輪が、この暗闇の中でも光っている。

「分からないよ。だって小アナムの人が皆作る、伝統の腕輪なのかもしれないし」

　呟きながらも胸に確信が迫ってきて、ティアは膝を落とした。

　その魔女がティアの家族なら、母に当たる？　……いや、イアンと現王の年齢からして、たぶん祖母のほうだろう。王冠の間の最奥に鎮座していたあの王冠を作ったのは、祖母だったのか？　あの蔦の金細工を見た時、自分は確かに「懐かしい」と感じた。

　しかし祖母が王冠の魔女だったなら、どうしてティアに何も話さなかったのか。

　第一、あんな目にって何の事だ。

　嫌な予感が胸の底で冷たい波を立てている。

「訊けなくなった今になって、エスモンドさん、ずるい……！」

　胸も頭もぐしゃぐしゃで、水溜まりに両手を突いた。泥水が顔に跳ね散る。

　エスモンドは王冠の魔女が実在したと知っていたのに、ギルバートにもイアンにも今の話を黙っていたのだ。彼の祖父が魔女に会っていたなら古い職人だって見ていたはずだ。けれどエスモンドが全員に黙っているように命令して——？　いや、きっと皆、言われるまでもなく口を閉ざしていた。

今度こそ、王冠を自分達クラウンジュエラーの手で作りたいから！

大地の穢れなんてものまでは信じていなくて、ただ、他所者に一番大事な仕事を横取りされてたまるかって、そんな気持ちで……っ！

石床に立てた爪が、黒い泥水に波紋を広げる。

ギルバートは優しい人だ。仕事でもないのにティアに文字も計算も教えてくれた。何より毎晩のあの時間が、六年も人の温もりに触れていなかったティアにどれだけの安らぎをくれたか。こんな場所に閉じ込められても、王都に来なければ良かったなんて思い切れないくらいに、ティアには彼と揺り椅子で本を読んだあのひと時は得難い幸せだったのだ。

サファイアをあんなに強く輝かせた人だ。こんな風にティアを置き去りにしたくなかっただろうと、信じられる。でも、悪人を演じるあの冷ややかな瞳——。彼は国の為に、自分も自分の周りのモノも切り捨てるのに慣れすぎている。

「なのにっ、他の人達はどうして、自分、自分なの！」

髪を掻き乱したせいで、挿し飾られていた花が落ちてしまった。水溜まりに浮かんだクロッカスと水仙に手を伸ばし、指が止まった。花びらの間に白い物が覗いている。

「……手紙？」

小さく折り畳まれた紙を破らぬよう慎重に開いていって――、ティアは喉を鳴らした。

まて。むかえにいく。

※

簡単な言葉で書かれた字に、ティアは何度も何度も目を走らせる。

万が一読めなかったらと心配したのか、絵まで添えられている。

「ギルバートってびっくりするほど、絵がへたくそ……」

牢屋に入っているドレスの女に、外から駆けつける男の絵――のつもりなのだろうが、焼き網の下に敷かれた燃石と這い寄る虫にしか見えない。むしろ文が読めなくて絵だけだったら、よけいに混乱したかもしれない。

あの習字用ノートのイラストは、幼少のイアンが描いたとばかり思っていたが、まさかあれもギルバート作だったのか。

こんな時なのに口から笑いが漏れた。しかし、頬の筋肉が緩んだとたんに涙が込み上げてきて、ティアは急いで奥歯を噛み締める。

「ギルバート、あたしを見捨ててなかったの？」

手紙と一緒に指を握り込む。

（だけどギルバート。迎えに来て途中で見つかったら、伯爵の地位だって危うくなるんでしょう？　そうしたら、イアンさんを支えるお兄さんが、いなくなっちゃうじゃない）

彼はまだ、ティアの祖母かもしれない魔女の話は聞いていないはずだ。それなのにただのティアに天秤を傾けるなんて、冷静な彼らしくない判断だ。

「あたし、ちゃんとあなたの立場、分かってたのに」

遠い彼に呟いてから、ゆらりと立ち上がった。

迎えが来てしまう前に、自力で逃げなければならない。

もう二度とギルバートの足を引っ張りたくない。

そしてどうにか森の家まで帰って、ジェットで王冠を作りイアンに届ける。自分が本物の魔女だなんて確信はないし、そんな途方もない事ができる自信だって欠片もないけれど、とにかく駆け出さなければならない。守護貴石作りと同じだ。作品を作り始めるその一息に勇気が要るが、いったん体を動かし始めたら、後は夢中で魂を燃やすだけ。

覚悟を決めたら、芯を通したように心が落ち着いてきた。それにギルバートがティアを選んでくれたのだという事実が、驚くほどの元気をくれた。

まず問題は脱出する方法だと、真っ暗な石牢の中を見回す。空気取りの鉄格子が腐っていたら外れるかもしれない。駄目でも、格子枠が嵌め込まれているレンガは柔らかいから、手持ちの工具で削れるはずだ。

安定の悪いブーツを脱ぎ、助走をつけてジャンプしてみるが、悲しいかな腕も足も短いせいで指先すら届かない。大体こんなドレスで動くなんて無理だ。コルセットを緩めようと試みるも、まず背中のボタンが外せない。腕が攣りそうになってドシャッとひっくり返った。

(こんな事をしている場合じゃないのに……っ)

壁に手のひらを突いて立ち上がった——その時だ。

窓から垂れる雨に濡れたレンガ壁に、削り取ったような細い線が入っているのに気づいた。

「なに、これ?」

顔を近づけて線の上を擦ると、濡れた埃がざらりと指の腹を汚す。指先ほどの細かな線が、縦、斜め、横にと走っている。明らかに人の手による細工だ。

(字?)

ティアはドレスの裾を手にしたが、繊細なレースに申し訳なくなって、結局、自分の拳で壁を擦りあげる。顕わになっていく文字の群れに、息が詰まった。

母の本の字に似ている。

だがこれが小アナム島の文字だとしたら、なぜこんな処に彫り込まれているのか——。

行きついた答えに、全身が凍った。

この牢に、同じ一族の誰かが囚われていた……?　エスモンドが言っていた「あんな目に」というのは——これの事なのか。

文字を指でたどり、だけど、と凍りついた。

「あたし、字、読めない」

額をごんっと壁に打ちつける。

なぜ祖母から字を継いでおかなかったのだろう。必要ないと言われて、そうなんだと思いこんでしまった自分のせいだ。きっと学べば覚えられた。現代語だってギルバートが教えてくれた数日で、宝石の名前くらいは書けるようになった。やればできたはずなのに。

(あの時の怠慢のせいで、今、こんなにも悔しい……！)

——ティア。君は勤勉だよ。本人にヤル気があると違うものだな。

ギルバートの優しい声が、ふいに耳に蘇った。

ティアはつぶったまぶたを持ちあげる。彼のその言葉を胸に繰り返しながら、壁からゆっくりと頭を離していく。

……今ここで、このメッセージに出会えたのは運命だ。何かがちょっとずつでもズレていたら、ティアはここに立っていなかった。ここで考える事を投げたら、それは運命に逆らう事になる。

(——ギルバート、ごめんなさい。まだ来ないで。私、やる事がある)

「……読むよ」

ティアは自分に命じるように低く呟き、鞄から母の本を取り出した。

母の字で「エメラルド」と現代リアファル語で注釈の入ったページを開き、小アナム語の本文に目を走らせる。挿絵の下に書かれている単語が、同じページで何度も繰り返されている。

きっとこれがエメラルドを指す小アナム語だ。発音は知っている。現代語風に発音するなら「スマラグドス」だ。この音と対応する文字を一字ずつ結び付けていけばいい。

本の余白にペンで分かった文字を書きつけ、次はダイヤモンドのページから、更にアメシストのページから、足りない文字を捜して見つけて、一つずつ拾い並べて文字の表を揃えていく。

――次、また次の字をと息を詰めて作業に没頭する間に、どれほどの時が経っただろうか。

これで全部なのかは分からないが、ティアに揃えられる文字は出尽くした。

作り終えた文字のリストを手に、休む間もなくレンガのメッセージに目を戻す。空気取りからの僅かな外光もいよいよ暗くなってきた。見えづらいレンガの文字を指でたどり、必死に解読していく。

『スミ、カ……、これなんだっけ、ニ？　それともナ？　ああ、サードニクスのニだった』

見つけたと思った字をまたすぐに見失い、また本に戻って壁に向き合い――。

寒々しい牢の中なのに顎から汗が伝って落ちる。

時間が気になる。ギルバートがティアの救出を狙うのは、宮殿が寝静まった時間帯だろう。彼が来る前に脱出しておかねばならないのに、もう陽が落ちきってしまった。

ブレスレットのムーンストーンが、ティアの独り言に反応して淡く光ってくれている。けれど元々強く光る石ではない。腕輪の仄明かりを頼りに鼻が壁にくっつくほど目を近づけると、ますます文の全体を追えなくなる。早く読み終えてここを出たいのに、光が足りない！

ティアは焦る自分を落ち着けようと、壁に手を突いて大きな息を吐き出した。

そこでハタと気がついた。

（レンガも石だわ）

レンガは砕いた長石類と粘土を練りあわせた物を焼いて作るが、焼成されていても完全に溶かされてしまったわけではない。レンガの中に息づいている石のカケラ達は、地金よりはマシに意識を保ってるはずだ。

『お願い長石達！　起きて！　光って！』

ティアの守護貴石のムーンストーンだって長石だ。自分を選んでくれた石の家族なら、きっと応えてくれる。

『お願い、お願いよ……っ！』

両手を突いて祈ると、滲むような光が、レンガの中からじんわりと浮かび上がってきた！

――ニンゲン、ニンゲンだ。メズラシイ。

おしゃべりが得意そうではない、ガサガサと荒れた声。

長石達の光に、ティアは瞳を白く反射させながら強く頷く。壁のメッセージが、さっきまでよりずっと見やすくなった！

『おはよう、皆。人間に会うのは久しぶり？　なら私とおしゃべりしましょうよ』

――オシャベリ。ハナセ、ニンゲン。ワレワレもハナス。

明かりのおかげで、ずっと早く作業が進む。けれど文字の解読と長石との会話に同時に集中するのは難しい。ティアが黙ると、長石達はまたうとうと眠り始めてしまう。だからティアは歌う事にした。森の宝石倉庫ではまぜてもらえなかった石の唄を、今、レンガに歌って聴かせる。すると彼らは喜んで壁を光らせてくれた。歌いながら古（いにしえ）の言葉を指で辿（たど）り――。

そうして、どうにか刻まれたメッセージのお終いまで読みきった。全部が分かったわけではないが大意は掴めているだろう。

ティアはごくりと喉を鳴らす。

裏切りの新王ヘンドリーよ。

我が母に王冠を与えられ、その王冠を頭上に戴（いただ）いてなお、裏切りを働いた罪。母を付け追い、魔女の住み処（か）に火を放ち、母と夫とを焼き殺したその罪。ゲアラハの血族は永劫（えいごう）許さぬ。

私は決してお前の籠の鳥にはならぬ。腹の子と共にここで果て、魔女の血を絶やそう。

ゲアラハの誓約を忘れし国は、祝福を失い、大地の穢れに再び滅びるがよい。

（……これは、呪詛（じゅそ）だ。この国の滅びを願う、呪い）

力が抜けて、すとんと地べたに腰を落した。

イアンの父王の名前が、呪詛と共に壁に刻み込まれている。

エスモンドが語った「腕輪をつけた魔女」が本当にティアの祖母だとしたら、彼女を「母」と呼ぶ、この牢に囚われた人は――ティアの亡き母になる。

（お母さんがこの地下牢に捕まってたの？　ならこの「腹の子」っていうのは……私？）

ティアは腕輪を手のひらで包んだ。

この呪いの文が実際に起きた事なら、つまり？

祖母は現王ヘンドリーの為に、王冠の魔女として王立工房で魔法の王冠を作りあげた。しかし役目を終えて森に帰った祖母を、王が後をつけさせていたのだ。祖母と父を殺すつもりで家を焼き、妊娠中の母を誘拐(ゆうかい)した。もちろん、次の魔女になるはずの母と赤ん坊を、自分の籠の鳥にしてしまう為にだ。

――だが。祖母と父が焼き殺されたという記述はおかしい。祖母はティアが十二歳の時に亡くなったが、それまではずっと一緒だった。ティアだって今も生きているし、母がこの牢で自決したなら、森にある母の墓の存在が矛盾する。

なら、アシュリー家とは関係のない一族の別の家族の話なのか。しかし直感が、自分に無関係だと思い切らせてくれない。

冷たい汗がぼたぼたと顎の先から落ちる。

『……ねぇ、長石達。この文を書いた人はその後どうなった？　本当にここで死んじゃったの？　思い出してほしいの』

レンガの中の欠片達は、口々に微(かす)かな声でざわめきだした。一斉にしゃべるからよく聴きとれない。逸(はや)る気持ちをどうにか抑えて、辛抱(しんぼう)強く何度も問い直し、耳を澄ませる。

――キエた。

――チガウ、フルいヒト、キタ。イッショにニゲタ。

『古い人？　古い人間……歳をとったって事かしら。なら私のおばあちゃんかもしれないわ。この文には彼女は焼き殺されたって書いてあるけど、生きてて、ここまで助けに来た？』

──オンナ、ニゲたチガウ。アタラしいニンゲン、ダシた。シンダ。

『新しい人間を出した……。赤ちゃんを産んだ？　おばあちゃんが助けに来たけど、お母さんは逃げる前にここで産気づいて、そのせいで死んじゃった……と、か』

長石達の言葉を拾いながら、その答えの意味に胸が冷えていく。

この呪いの文は、母が祖母と合流する前に遺書のつもりで書きつけた物かもしれない。祖母は母が自決する前には間に合ったが、母はティアを産み落として死んでしまった。

（それでおばあちゃんは、その赤ちゃんを──私を連れて、逃げた？）

祖母は宮殿を脱出してから、焼かれた家を離れて別の場所──おそらく今の「アシュリー守護貴石店」のある位置へ移動した。それでも先祖の倉庫がある森からは離れられなかったから、目立たぬように森に埋もれるように隠れ住んで。不自然に倉庫から遠い不便な場所に店があった理由は、これなのか。

（……どうしよう。辻褄が合ってしまった）

ティアは床の水溜まりに手を浸す。

この呪いが本当にアシュリー家の話ならば、ティアはまさにここで産まれ落ちた事になる。

そして母はこんな酷い場所で死んだ。

石牢生まれの呪いの子に付けられた「ティア」の名は、母がこぼした苦しみの涙？　それとも祖母が落とした憎しみと悲しみの涙、どちらだったのか。

この銀の腕輪だけで即、先代魔女が祖母だったとは断定できない。……だけど。

『私は、本物の王冠の魔女かもしれない』

身の底から噴き上がる激しい震えに、ティアは両腕で自分を抱きしめた。

――その時だ。石段を下りてくる足音！

乱暴な歩き方からしてギルバートではなさそうだと警戒していたら、上から顔を覗かせたのは、小太りの衛兵だった。

「お前、さっきから何をブツブツと」

彼はギョッと目を剥き、勢いをつけて駆け下りてきた。

男はサーベルを抜き恐る恐る近づいてくる。ティアは輝くレンガと彼とを素早く見比べた。

「か、壁が光ってる……!?」

「あのっ、見て。ここに何か書いてあるの。重大な秘密みたい。大発見！　もっとこっち来ないと見えない。ちっちゃい文字がびっしり！」

言い重ねると、鉄格子ごしに目を眇めていた彼は、錠前を外し体を折って中に入ってきた。

――今だ！

ティアは猛然と走りだす！

男の横をすり抜け、扉に頭を突っ込んだが、何て事だ、ワイヤーの入ったペチコートがつっかえた！

「こらっ、お前！」

男はもがくティアのペチコートを掴み寄せる！

「やめて！　あたし本物の魔女かもしれない！　行かなきゃいけない！」

思いきり引っぱられ、ウエストのあたりで紐がちぎれる音がした。男はすっぽ抜けたペチコートと共にひっくり返る！

ティアは恥じらう間もなく、脱兎のごとく階段を駆けのぼる！

だが途中でぐんっと引っ張りもどされた。今度は鞄を掴まれている！　しかし手繰られる前に肩から鞄を脱ぎ捨てる。

「うおっ⁉」

迷いのないその動きに、男はもんどりうって階段を転げ落ちていく。下まで落ちる痛々しい音を聴きながら、ティアは震える手で扉を閉め、更に閂を嵌める。とたんに向こう側から戸を激しく叩かれ、後ろに飛び退った。

「ご、ごめんなさい」

小声で謝ってから暗い廊下を見回す。よかった、他に人影はない。

（とにかく外へ！　できれば人目につかない裏から脱出よ！）

猟師から逃げまわる兎のように走り続け、近づく足音には家具の陰に隠れてやりすごし、随分と走った。しかし慣れた森の地下迷路とは訳がちがう。自分がどの方角に向かっているのか、外に近づいているのか遠ざかっているのかすら分からなくなってきた。

駆け惑ううち、気づけば、あの大鏡の接見室の前にたどり着いていた。

（そうだ！　王冠の間への隠し通路、イアンさんが使ってた外への路もあるはず！）

あの穢れに満ちた空間に近づくなんて考えるだけでゾッとするが、背に腹は代えられない。

音を立てぬように扉を薄く開けてみたら、接見室の中はまだガス灯が点いている。つい先ほどまで人がいたような気配が残っているが、ひとまず無人らしい。

ホッとして部屋に忍び込み、隠し扉に駆け寄る。鏡に耳をあてて向こうの気配を窺ってから、ゆっくりゆっくり慎重に鏡を押しこんでいく。

「今日の会議は長かったわねぇ」

「この嵐のせいよ。近ごろ洪水やら雷やら酷いじゃない？　雷で山火事もあったんだって」

廊下から声が近づいて来ると思ったら、女官達が部屋に入ってきた！

（どうしてこのタイミングで！）

ティアは間一髪で鏡の扉へ滑り込む。すかさず閉めた扉に貼りつき、息を殺した。彼女達はテーブルの上を片付けているらしい。食器の音が響いている。

「まぁ、ちょっとクロス貸して。大鏡に指紋がついてる。誰か素手で触ったわね」

「また殿下かしら。お小さい時から本当にイタズラよねぇ」

接近する二人の声と足音に、ティアは口を自分の手で塞ぐ。心臓が耳の裏で激しく鼓動する。

しかも裸足の足下に、一筋の明かりが漏れているのに気づいてしまった。ドレスの裾が挟まって、扉を閉めきれていなかったんだ！

「あら、ハンカチの落とし物が。随分汚れて――」

すぐ向こうの声に身を戦慄（わなな）かせた瞬間、

「遅くまでご苦労だね」

入り口の方から新しい声が響いた！

「いや、控える必要はない。ここで少し書類を広げてもいいかね」

「それではお茶などお持ちいたします」

「すぐに帰るから必要ないよ」

完璧で美麗な発音が静かに響く。男性の――いや、聞き違えるはずもない、あの人の声だ！

ティアは今すぐ飛び出したい衝動を、ドレスを握り込んで必死に堪（こら）える。

女官達の足音が遠ざかり、接見室のドアが閉められた。ティアがそれを待って鏡扉に手をかけたと同時、向こうからも押し開けられた！

見開いた蒼い瞳に、ティアの強張（こわば）った顔が映る。


――ギルバート!!


「ティア、君は本当に俺を驚かせる……！」

ギルバートがこちらに滑りこんできて、後ろ手に扉を閉めた。彼はここにいるティアが本物なのかと疑う目で凝視してくるが、ティアの方だって同じだ。まさかこんなところで合流できるなんて思っていなかった。

「牢を抜け出してきたのか？　俺が行くと手紙を残したが、伝わらなかったのか」

「ううん、読んだ。だけどあなたが来たら、あなたが危険だ。伯爵様の立場が悪くなる」

一息に言い返したティアに、ギルバートはますます瞳を大きくする。

彼は喉を鳴らして息を呑み下し、コートをティアの肩にかけてくれた。体がぶるりと震えたのは、急に温もりに包まれた体の反射か、それとも彼に会えた安堵のせいか。

訊きたい事も告げたい事も山程あるが、ここで語らっている時間はない。ギルバートも思い出したようにティアの手首を掴み、「行こう」と一言、走り出した。彼は王冠の間へ繋がる地下通路を折れて別の小道に入る。そのまま息をつく間もなく、地下道を駆け抜けた。

「ティア、疲れているだろう。それに裸足では辛い。背負わせてくれ」

「あたし、森を裸足で駆け回ってたから大丈夫。早くここを離れた方がいい」

今度は急勾配の螺旋階段をひたすらに駆け上がる。

「これ、いつもイアンさんが使ってる抜け道？」

「ああ。殿下の悪癖が役に立ったな。俺もよく付き合わされた」

行き止まりの小さな扉にたどり着くと、彼は外に人影がないのを確かめてから、こちらに手を伸べてくれた。ティアはその手を強く掴み、最後の一段を上がって扉をくぐる。

新鮮な空気と雨の匂い。向こうに覗いているのは、夜の林だ。

「外だ……っ！　本当に脱出できた！」

思い切り深呼吸して、肺に溜まったカビ臭い空気を追い出す。

二人が出てきた扉の真上から、ゲアラハの大きな彫像が見下ろしている。彼女の台座が隠し扉の出口になっていたらしい。濡れそぼったゲアラハ——己の先祖かもしれない美しい女を、ティアは雨になぶられながら見つめ上げた。

彼女の背後に浮かぶ赤い星が、また大きくなっている。

「馬車を待たせてある。行こう」

「あのっ、ギルバート！　迎えに来てくれてありがとう」

まず言いたかった事を、やっと伝えられた。

「君は——」

駆け出しかけていたギルバートが、足を止めて振り向いた。

その瞳は、見た事もないような荒い感情剥き出しの色。

「君は、どうしてそんな風に……っ、」

驚く間もなく腕にくるまれた。肩に落とされた額が熱い。背中に回された腕も背骨が軋むほど強い。それに彼はとても怖い顔をしていたのに……なぜだか全てを優しいと感じる。

「……ギルバート……？」

彼はティアを抱きすくめたまま動かない。

ティアは体の力を少しずつ緩めて、胸に耳を押しつけてみた。揺り椅子に揺られながら背中に感じていた温もりが、今は正面からティアをくるんでくれている。耳に、生きている命の音がする。温かくて泣きたくなってくる。

ティアはぐすっと洟をすすった。

「……駄目だよ、ギルバート。あたしを迎えに来たら、イアンさんが一人になっちゃう」

「君は巻き込まれた人間だ。そんな事を気にするな」

耳に響く、呻くような声。

この人にとってはティアを切り捨てるほうが絶対的な正解だったのに、危険を冒して助けに来てくれた。いろんなものを秤にかけて、選んで、ここに来て抱きしめてくれた。

それを嬉しいと思ってしまうのは、きっと悪い事だ。

「無事でいてくれて良かった、ティア」

「……うん」

胸が苦しくてどうしようもなくて、ティアも縋りつくように彼の背に手を回す。

そうしたら、こんなにも堂々とした立派な男の人が、かすかに震えているのに気がついてしまった。

7　真夜中の森で

燃石ガスが街を照らすようになってから、王都エリウから「夜」が消えた。時計台の針が深夜を指していても、社交パーティや酒場帰りの人間はまだ通りを行き交っている。

ギルバートは御者ごと借りあげた二頭立ての辻馬車から、夜霧に沈んだ街を眺めた。

ティアとイアンの話によれば、この街は、否、街に終わらず国も属国までも、すでに大地の穢れに浸食されているという。だが夜の街を過ぎ行く人々は変わらず着飾り、酒に酔って甲高い笑い声を上げている。

夜露に濡れた窓から顔を離した。隣に座るティアは、まだ毛を逆立てた猫のように浅い息を繰り返している。彼女は馬車に乗り込むなり、酷い目に遭わせたギルバートを罵るでもなく泣くでもなく、「ジェットがほしい。すぐに王冠を作る。あたしの森に連れてって」とそう言って詰め寄ってきた。

(まさか、まだ王冠を作る気でいたとは)

ほとぼりが冷めるまで彼女を領地代理人に預けるつもりだったが、行き先を変えた。目指すはディアマン伯爵領の北の果て、あの森だ。

ティアが脱走したのに気づけば、公爵大臣は伯爵家に使者を走らせて所在を確認しにくるだろう。家令にはなるべくもったいつけろと命じているが、実際どれほど持つだろうか。今回の借りでギルバートは彼らの傘下に下ることになった。もう今までのように遠慮はしないだろう。

植民地で財を成した商人達の力が増し、貴族院の発言力が見る間に弱まっていく中で、大臣達は明らかに焦っていた。庶民院から信望の厚く、しかもワガママな王太子が唯一信頼するギルバートは、彼らにとって最大の敵であり、同時に最も掌中にしたい駒だった。その政治的悲願を叶えた彼らは、引き継ぎ会議の後、紳士クラブへ祝杯をあげに向かったと聞いた。

ギルバートはエボナ侯爵に撫でられた顎の感触を思い出し、手の甲でぬぐった。あの男はギルバートをようやく愛人にできると勘違いしたらしい。

(調子に乗りやがって、色ボケ爺め)

彼らは従順になったギルバートがティアを切り捨て、あくまでも己の爵位にしがみつくと信じてくれている。彼らには、娘一人の為に自分の地位を捨てる貴族がいるなんて想像してみる事すらできないのだ。

(おかげで監視の目もつかずにティアと合流できたが――、問題はここからだな)

思いもよらずティアが自力で逃げてきてくれたおかげで、うまくいけば明日の朝までは時間を稼げる。だが無事に森へ到着したとして、彼女が王冠を作り終えるまで身を潜める場所を探さねばならない。たしか森の手前の町に小さな宝石工房があったはずだが――。頭の中に領地の地図を思い起こしていると、ねぇ、と隣から細い声が掛かった。

「ギルバート。さっき宮殿の人が怖いこと言ってた。洪水とか山火事とか、それも大地の穢れのせいかな」

「……いや、単なる春の嵐だよ。この豪雨で川が増水し、雷が落ちて火がついた。穢れなど無関係の必然だ。じきに収まるさ」

クッションのない剥き出しの車輪がゴトゴトと大きな音を立てる。彼女は揺さぶられながら、青い顔で何かを思い出したように身を震わせた。

「早く、王冠を作らなきゃ」

かすれた呟きに、ギルバートは眉をひそめる。牢の前で別れた時の真っ黒な絶望の瞳が、今はハッとするほど強い、悲壮なまでの光を湛えている。何がここまで彼女を駆り立てているのか、牢での孤独な辛い時間を共にできなかったギルバートには分からない。

「あたし、本物の魔女になれるか分からないけど、やってみるよ。だからね、必ずあたしの森に連れてい……」

彼女は座席に沈み込んで、無意識にかギルバートの手を掴んだ。静かになったと思ったら、もう気絶するように寝ている。まるでエネルギーを使い切った赤ん坊のような寝入り方だ。

あっけにとられてしばし寝顔を眺めていたが、いや、それほど過酷な状況だったのだ。

せめて横に寝かせてやりたくて、彼女の頭を自分の膝にのせてやった。隅に畳み置かれた毛織物のブランケットを、泥に汚れたドレスの胸に掛ける。

黒い髪はもつれ、裸足の足は泥まみれだ。瞳のふちに涙の跡の赤い色が残っている。

ギルバートは襟にタイピンを付け直すと、クラヴァットの絹で、彼女の足の汚れを拭き落とし始めた。足の指の小ささに、触れただけで折れてしまいそうな儚さに、布で擦る事すら恐ろしくなってしまう。

(こんな小さな体で、どうやって牢から抜け出してきたんだ)

この世界の事など何も分からぬようだった娘が、今は誰よりも状況を把握し、覚悟を決めているように見える。

ギルバートはティアの手を引き寄せて握り込み――、その温かさに、ひどく悲しくなった。

いつからか、悲しいなんて気持ちは全て置き去りにして、守るべき弟以外には怒りか軽蔑しか抱かぬようになっていたのに。

(おそらくティアは、本物の王冠の魔女だ)

ティアには何らかの呪力がある。確信したのは、先ほど牢へ直行していた時だ。急にちがうと思った。自分には石のこえなど聴こえぬはずなのに、タイピンのサファイアが「ティアはそこにはいない」と絶叫しているように思ったのだ。

タイピンに「ティアの元へ連れていってくれ」と祈りながら姿を捜し、接見室の隠し扉で偶然ティアに会えた。あの現実には理解し難いような感覚は、サファイアが自分達の魔女を守ろうとしての事だったのではないか。

あどけない寝顔に、ギルバートは奥歯を噛み締める。

(君は違うほうがいい。偽者でいいんだ)

この手首の細さを見ろ。穢れを知らぬ柔らかな頬(ほお)を見ろ。彼女は守られるべき存在で、守るほうではないだろう。

……なのに、ギルバートが馬車を向かわせるのは彼女の森へだ。この傷だらけの指先が、お伽話(とぎばなし)の魔法の王冠(ギフテッド・クラウン)を生み出すのを見届ける為に。

座席に立てかけたステッキの猟犬が、運命に導かれて走る二人を赤い眼(め)で見つめている。

※

――おばあちゃん！　スミスさんが、私を王都に連れてってくれるって！

――駄目(だめ)に決まってるだろ。あたしはここから動けないし、ティア一人でなんて、スミスがあんたをどこかへ売り飛ばしちまうかもしれないじゃないか。駄目だよ、絶対に駄目。

せっかくの申し出なのに、何て酷い事を言うんだろうと思った。もちろん目の前でそんなやりとりをされたその客は、二度とアシュリー守護貴石店(アミュレットジェム)に訪れなかった。

店を大きくして町に出すべきだと、祖母に出資を申し出てくる客もいた。だが彼女は頑(かたく)なにここでいいんだと森のはずれを動かなかった。

王都に行きたいとダダをこねた日の祖母は、怒っているフリをしていても瞳が泣いていた。母の話をねだった時もだ。だからティアにとって母の事を訊(き)くのは禁忌(タブー)だった。祖母が世界の全てだったティアには、彼女の笑顔こそが一番大事なものだったから。

真っ白に目を灼きつける強い光が炸裂した。身を縮めたと同時に、世界が壊れるような音を立て雷が落ちる。

馬車から降りたティアは、眼前の光景に立ち尽くした。

森を揺らして降りしきる雨の中、炎が赤々と立ちのぼっている。打ちつける雨が蒸気になり、木を焼き尽くす黒煙と共に視界を塞ぐ。

燃えている。

祖母が建てた店が、丸ごと、樫の木と一緒に燃え盛る。大木の幹は真っ二つに割れ、完全に折れた片方が店の屋根を真ん中から潰している。

一枚板のカウンター。小さなベッド。蔦が絡まって空の見えない天窓。何度も鋳直した鉄のフライパン。そのフライパンで焼いてくれた、もっちりと厚いクレープ。祖母と一緒に編んだ星の模様のベッドカバー。手回し旋盤が石を削るチリチリと小さな音。

あの家の全ての物に祖母が宿っていて、何かを使う度に祖母を思い出せた。

——でも、今、全部が炎の中だ。

火の粉が飛んできて睫毛を焼く。ふらりと足を踏み出したティアを、強い腕が抱きとめた。

「ティア、駄目だ。危ない」

「これ、大臣達が火をつけた？」

「いや。いずれは追手が来るだろうが、手が回るにはまだ早い。君の本当の出身を特定するだけでも骨が折れるはずだ」

「じゃあ偶然、雷が落ちて」

呆然と呟くティアの頭の後ろで、ギルバートが頷いた気配がする。

運が悪かった？　こんな時にこのタイミングで？

「……魔女が怒ってるんだ」

燃え盛る我が家を食い入るように見つめて、ティアは呟いた。

魔女の血族が、ティアがこれからしようとしている事に怒っている。

母と思しき人が憎しみを刻み込んだ、あの呪いの言葉が頭に蘇る。穢れを清める王冠を二度とこの国に渡すものかと決意したあの宣言を裏切り、ティアは王冠を作ろうとしている。それはつまり、自分の一族を——もしかしたら両親を殺した国を祝福するのと同じだ。

顔面に照りつける炎の熱に、目頭に滲んだ涙が蒸発する。ギルバートがティアを抱く腕を強くした。強い風が音を立てて横面を殴りつけてくる。

「……ギルバート。この火、森ぜんぶには回らないよね」

ティアは炎を見つめたまま彼に問う。

「大丈夫だろう。今夜は雨が強い」

「なら、朝までここにいる。森の奥に、宝石の地下倉庫があるんだ。ジェットのとても質のいい、大きいのがあったと思う」

「地下倉庫。森の中にか？」

「先祖が作った、秘密の地下倉庫なの。ここから一時間歩いて、地下に入った後もずいぶん歩く。古い旋盤もあったと思う。ジェットなら柔らかくて加工に大きな機械は要らないから、うまくしたら倉庫で王冠を仕上げられる。だけど、夜に森へ踏み込むのは危ない。危ない獣がたくさんいる」

ティアはギルバートの腕を外して、ゆっくりと彼を見返った。

すでに深夜を過ぎている。夜明けまで数時間ならば、あえて危険を冒す意味はない。

「……分かった。夜明けと共にその倉庫へ向かおう」

ギルバートは炎に赤く照らされた顔で、腹を決めるようにティアを見つめ返した。

困りますよと大声を上げた御者だが、小切手と駄目押しのレッドスピネルとを引き換えに、上機嫌で馬車と馬一頭を置いていってくれた。

「旦那さんの駆け落ち、上手くいくよう祈ってますよ。あたしの守護貴石と共に」

馬上からそんな常套句を残していった彼に、二人でぽかんと目を見交わす。

「駆け落ちとは参ったな。だがまぁ、この有様じゃ、婦人を攫って逃げたように見えるか」

汚れたドレスに男物のコートを羽織ったティアを見下ろし、ギルバートは苦笑を浮かべる。

「駆け落ちってなぁに？」

「…………いや、子供は知らなくていい」

「あたし子供じゃないよ」

知らないのが子供の証拠だよと、彼は今度こそ本当に笑う。そのおかげでティアも何とか笑顔を作れた。

朝日が昇るまで、火の粉の届かない木陰に馬車を停め、体を休めておく事にした。馬もようやく一息といった様子で足を折ってうずくまる。ティアは摘んできたタンポポを馬に食べさせながら、雨霧にぼんやり揺らめく遠い炎を眺めた。

「あの御者、荷物を全部忘れていったぞ。これも含めて丸ごと買い上げだな」

御者台を探っていたギルバートが、薄汚れた革鞄を手に戻ってきた。

「ほんと？　何か飲み物あるかな。あたし喉カラカラだよ」

二人で座席に戻って肩を寄せ合うと、骨に染みるような寒さが少しは和らぐ。彼は忘れ物の鞄から水筒を出して口をつけた。

「ジンだな。いけるかい？」

「麦酒ならよかった。でも水がないよりマシだね。店の裏の井戸は、熱くて近寄れなかった」

舌を焼くような強いアルコールをちびちび舐めながら、ティアはスカートに集めてきた、セロリに似た真っ赤な茎を広げて見せる。

「食べる？　これ、ルバーブっていうの。簡単に育つから畑の隅っこに植えてた」

「驚いた。いつの間に採ってきたんだ？」

「あなたが御者さんと交渉してる間。まだ小っちゃいけど生でかじれる。食べた事ある？」

「ジャムならば。……生はすっぱいな」

顔をしかめるギルバートが可愛らしく見えてしまって、ティアは笑った。

「店が無事だったら、あったかいスープでも作れたんだけどな」

「君の手料理か。食べてみたかったたな。今度ぜひ頼むよ」

「うん、今度ね。あたしお料理上手だよ」

その今度が本当に来るような気は……、全くしないのだけれど。

お互いに考える事が忙しくて、しばらく無口になった。

御者台の両脇で、液体燃石のランタンが煌々と光っている。

自分の家が燃え盛る森の片隅で、一人きりじゃなくて本当に良かったとしみじみ思う。サファイアの揺るがぬ瞳がティアを見つめてくれている。おかげで何もかもめちゃくちゃな気持ちが、危ういところで踏み留まっていられる。

「――あのね、ギルバート。お願いがあるんだけど」

「うん？」

ルバーブをかじっていた彼が、こちらを向く。

「コルセット、これどうにかなる？　なんて大変な服だろう。ずっと苦しい」

「これは人に脱ぎ着させてもらうものだからな。背中をこっちに向けられるか？」

狭い空間で身をひねると、彼の手で髪を前に流され、無意味にどきりとした。

ボタンを外す指が背骨の上を動く。ただそれだけなのに耳まで赤くなってしまう。

（そ、そりゃ恥ずかしいわよね。服を脱がせてもらうなんて、まるで子供だもの）

彼は広げたドレスの隙間からコルセットのリボンを解き、指を入れて少しずつ緩めていってくれる。慣れた手つきに何か釈然としないモノを感じるが、だんだん息が楽になってきて、ホウッと息をついた。素晴らしい解放感だ！

「都会の女の人達、毎日こんなので締め上げられてて、辛くないのかな」

「辛かろうな。だがコルセットを着けるのは、本来は君よりもっと年上になってからだよ。私の妻という立場だったから、今回は無理をしてもらったが」

伯爵様は甲斐甲斐しくドレスのボタンを留め直してくれる。雨や泥で汚れた体で、申し訳なくなってくる。

「そうなの？　だけどお店に来るあたしより年下のお嬢さま達、みんなコルセットしてたよ。イアンさんと同じくらいの人が多かったかな」

落ち着かない気持ちでもつれた髪をいじっていると――、どうした事か、彼の方はピタリと動きを止めた。

「ギルバート？」

「……ちょっと待ってくれ。君はいくつなんだ？」

見返ったら、彼は真顔だ。

「十八だよ。二年前に成人した」

明快に答えたティアに、絶句した彼の顔色が青ざめた。

「…………………そうか」

「うん」

彼は俯く。そして驚くべきスピードでボタンを終いまで留め上げた。

ありがとうと前に向き直ると、彼は目を合わせずに頷いた。預かっていたジンの水筒を差し出したのも視界に入れず、手を口元に当てて何か考え込んでいる。

「ティア。私は君に大変な失礼を働いてきたようだ」

「そんな事ないよ？」

「君に字を教える時、膝に乗せたな。恋人でもないのに」

「でも夫婦だよ？　あ、ごめん。夫婦はフリだったか。けど嫌じゃないから失礼じゃないよ」

「いや、君。もう少し男には気をつけたまえ。安易に体に触れさせてはいけない。十八なら立派な淑女の年齢だ」

「だって何度も歳を言おうとしたのに、あなた聞いてなかったじゃない」

「――ペチコートはどうした」

ギルバートは唐突に、座席に広がったドレスの裾を手で掴んだ。切迫した彼の調子に、ティアは思わず背すじを反らす。

「牢屋で衛兵さんに脱がされちゃったの」

「ぬがっ、」

今度こそ本格的に様子がおかしい。青い顔色が白くなった。

「だけどあれが出入り口に突っかかってくれたおかげで、ギリギリ逃げられたんだ。引っぱってちぎられちゃったけど。ごめんね、取りに戻れなかった。あれ、やっぱりすごく高い服？」

「逃げたのか」

「そうだよ？　そう言ってる。あたし言葉ヘン？」

微妙に噛み合っていない気がする。

「君の……純潔は」

必死なほどに真剣な瞳に、ティアのほうは目が丸くなる。大臣達に囲まれた時ですら冷静でいられた人が、こんなに狼狽えているのは初めて見た。

「ジュンケツ――は、ちょっとまだ分からない」

「分からない？」

「うん」

ギルバートはなんとも言えない顔をした。

「…………話せる気持ちになったら、話してくれ。なんでも聞くから」

「分かった」

後で一つ、森で確かめたい事がある。そうしたらあのレンガに刻みつけられた呪詛や、長石達の話が本当にティアの母の事だったのか確証が取れる。

純血の魔女かもしれないなんて、今はまだ、彼に話せるほどには心の整理ができていない。

「それよりイアンさんは大丈夫かな。宮殿で一人ぼっちになっちゃってない？」

何ごとか呟き自問自答していたギルバートだが、我に返ってティアに顔を戻し、気持ちを切り替えるようにブルブルと頭を振った。

「殿下は心配ない。公爵はまだ『王太子』という駒が必要だからな。……そうだ、新しい魔女を迎えた会議は中々面白かったよ。彼女が持参したデザインに殿下が注文を増やしていって、一体いつ作り終えるんだという装飾過剰なデザイン案が上がってきそうだ。実際はどこの宝石士が作るのか知らないが、うんざりだろうな」

「そ、それはすごく怖い。でも、イアンさんが大丈夫そうならよかった」

本当は今のうちに語り合っておくべき話がたくさんあるのだろうが、沈黙が下りてしまった。ギルバートの話しぶりからして、新しいその魔女はやはり大臣が用意した「魔女役」で、ゲアラハから呪力を授かった本物ではないのだろう。

(ジェットの王冠を作らなきゃ……)

強い雨が馬車の屋根に打ちつける。窓の外の山火事は、さっきより大分落ち着いてきたように見える。このまま雨が消しきってくれたらいいのだが。

「ねぇ、ギルバート。あたしはここまで連れて来てもらえたから、もう大丈夫だよ。あなた馬に乗れるよね？　そしたらもう行っていいよ」

彼は口に運びかけた水筒を膝におろした。

「――なんだって？」

「今から帰れば、朝には王都のお屋敷に着ける。そしたら大臣さん達、あなたがあたしを逃したって気づかないで、伯爵様の地位も危なくならない。今から帰ったほうがいいよ。あたし、朝になったら森に入ってずっと倉庫にいるから、誰かが捜しに来ても見つからない。何日か経って落ち着いたら、こっそり王冠を受けとりに来てほしい」

ギルバートは眉間に皺を寄せて黙ってしまった。

「その倉庫から何日も顔を出さずに、水は？　食料は？　迎えに行ったら干からびてたなんて楽しい冗談ではないな。それに私は、政治の道をあきらめたわけじゃない」

「……そうなの？」

首を傾げて覗きこむティアに、彼は難しい顔を緩めてジンをあおった。

「今の時代は庶民院で戦う方法もある。むしろ爵位がないほうが自由にやれるかもな。伯爵家の跡継ぎは、代わりになれる従弟がいるから彼に任せればいい」

「そ、そうなの」

聞いてみたところで庶民院というモノの雰囲気すら分からなくて、ティアは首の角度を深くする。けれどあの暗くて厳しい世界にイアンを置き去りにするつもりはないと分かって、胸の重たい物が少し軽くなった。

「君の店に来た、あのデビュタントの少女、アイラ・ベオーミングを覚えているかな。彼女にパーティで会って、父上とも名刺を交わしたんだ。野心のある金持ちは使えるからね。庶民院からの出馬となれば彼の手を借りられる。元々、後ろ盾の候補は山ほど用意してあるんだよ」

「さすが……っていうか、ギルバート、悪い人みたいな笑い方だよ」

「そう、悪い男なんだ。だから私の事は気にするんじゃないよ。今の俺がやるべき事は、君を守る事、ただ一つだ」

彼はいたずらっぽく笑っているのに、瞳はとても……真摯だ。

「ありがとう」

まともに見られなくなってしまって、ティアは膝のルバーブを手に取る。一口かじり、しかしこの人の横で咀嚼するのが妙に恥ずかしい気がして、顎がうまく動かない。

野犬の遠吠えが響いた。馬車の中は静かすぎて、遠くで爆ぜる炎の音も、雨が梢を揺さぶる音も聴こえてくる。

今日はいろんな事がありすぎて、さすがに疲れた。

欠伸をしたらギルバートにも移ったみたいだ。ブランケットを広げて二人一緒にくるまる。彼の肩の体温が、恥ずかしいのに嬉しい。

「君が牢に置いてきた鞄には、大事なあの本が入ったままだろう。今度、殿下に頼んで回収してもらおう」

そう言ってまぶたを閉じた彼は、やはり自分が登殿できない地位に落ちるのを覚悟しているのだ。

……そして、こんな風に夜明けまで一緒にいられるのは、きっと最初で最後だ。ティアが王冠を作れてても作れなくても、もう状況が夫婦ごっこを許してくれない。彼と「夫婦」でいるのは、今夜でお終いだ。

（でも、私の作ったタイピンは、ずっとこの人の傍にいられるんだわ）

サファイアがうらやましいなんて思う自分に驚いてしまう。守護貴石とお別れするのを名残惜しいと思う事はあっても、人間に対してこんな風に思った事はなかった。

ティアは彼の微かな寝息に耳を澄ませる。

死んで石に生まれ変わったら、ギルバートの守護貴石に仕立ててもらいたい。だが華やかな彼には、ティアのような小石は似合わないだろう。

（……だけどギルバートなら、沼底の砂利になった私でも、見つけて拾ってくれるかもしれないわ。今日迎えに来てくれた時みたいに、聴こえないはずの石のこえを聴いて）

そんな途方もない事を考えながら、ティアはゆるゆるとまぶたを下ろした。

※

どすっと音を立て、胸まである大きなスコップを地面に突き立てた。体重を乗せて深く押しこみ、掛け声と共に土を掘り返す。

炎に包まれている店からは大分距離があるのに、この辺りまで空気が熱い。息をするだけで肺が焼けるみたいだ。炎が爆ぜる音を背中に、ティアはまたスコップを突き立てる。

ギルバートと馬車で目を閉じていたのは三十分ばかりか。彼が深く眠るまで待ち、そっと馬車を抜け出してきた。

彼の温もりから離れるのは寂しかったが、この森でやらねばならぬ事が残っている。

森の入り口から少し入った草原に、ぽつんと杭が三つ並んでいる。一番新しい杭が祖母ので、真ん中が母、隣が父のものだ。ティアは母の墓を無心に掘り返している。

彼女が宮殿の牢で出産して亡くなったなら、母の遺体はここにはないはずだ。

逆にもしも遺体がちゃんと埋められていたら、あの呪いのメッセージを遺したのは母ではなく、同じ小アナム島の別の誰かで、ティアは王冠の魔女ではない事になる。そうなれば、ティアがジェットの王冠を作ろうが穢れの広がりは止められない。足掻くだけ無駄になるのだから、ギルバートにはすぐに王都に帰ってもらわねばならない。

ティアは額に滲んだ汗を腕でぬぐい、穴を掘る手をひたすら進める。土は深くなるほど雨に湿って重たくなっていく。

さっき畑でスコップを回収しておいて良かった。手で掘るのはたぶん無理だ。

『こんな事してごめんね。お母さん』

墓に呼びかけて、そういえば「お母さん」と声に出した事もほとんどなかったなと気がついた。祖母よりもずっと遠く感じる、実感のない母だ。顔立ちすら知らないから、怒っている顔も悲しんでいる顔も想像もできない。

もう一度スコップを深く突き立てる。足でぐぐっと押し込んだら――、刃の先に硬いモノが当たった！

（棺――!?）

息を引き切った、その時。

「夜の森は危険なんじゃないのか」

背後から声を投げられた。

スコップを取り落として振り向いたら、この闇の中でも白く発光するように美しい人が、木陰から現れた。

「ギ、ギルバートッ」

疲れきってぐっすり眠っていると思ったのに！

歩み寄ってくる彼は怒った顔だ。

「タイピンのサファイアに夢の中で起こされた。便利なものだな」

「ごめん。すぐ戻るつもりだった。ここは森の入り口に近いし、大丈夫だと思って」

小声の言い訳に、彼は小さな息をつく。

「俺を置いていくな。肝が冷える。……君の家族の墓か？」

「うん」

ギルバートは墓の前に膝をつき、家族の為に祈ってくれた。ティアはそれがとても嬉しくて、彼が立ち上がるまでずっと横顔を見つめてしまう。

「代わろう」

ギルバートは落としたスコップを取り、続きを掘り始めてくれた。墓荒らしなんて気持ちが悪かろうと馬車に置いてきたのに、まさか理由も訊かずに手伝ってくれるなんて思ってもみなかった。

ティアは穴の脇にしゃがんで中を覗き込む。

「やっぱり何か埋まってるよね」

「そのようだが、棺ではないのか？」

ティアは分からないと首を横に振り、騒ぐ胸をドレスの上から押さえる。どっちだったらいいと思っているのか、自分でも本当に分からないのだ。

「……あの、ギルバート？」

「どうした？」

「王様はなんで死んじゃったの？　病気？」

何か話しかけようとしただけなのに、よりにもよっての話題を振ってしまった。彼は一瞬スコップの手を止める。

「ご、ごめん」

「いや。あの方は、ご自分でご自分を害されたんだ」

思いもよらぬフレーズに、ティアは息を止めた。

(自殺したって事？　一国の王様がなんでそんな事に)

だがそういう事情なら、国の中心の人達はよけいに王の死を隠さなければと焦っただろう。

「……寂しいね。自分で自分を殺しちゃったら、石に生まれ変われない」

「石に？　君達のところでは、人間は死んだら石になるのか」

「うん。棺桶も人の肉も骨もいつかは土に還る。だけど魂は石になって残る。それで自分の子孫を守る呪力を得るんだ。それが守護貴石の始まりだよ。なのにもし自殺しちゃったら、体がまだ生きてたいから、ちゃんと土に還れない。そしたら魂も石になれないんだ」

「初めて耳にした話だ。私達の文化では、死ねば天に昇って神の国に迎えられる」

「うん、お客の主教さんから教えてもらったよ。でもあたしは石になるほうがいいなぁ。いつもね、早く石になりたいなって思ってたの。森の宝石庫の中で、あたしだけ仲間外れみたいな気持ちだったたから」

話しながら、ティアはだんだんと穴の中に前のめりになる。

ギルバートは無言になってスコップを操り、箱の周りを掘り崩してくれる。

「……ティア。もし君が、自分を顧みずに慈しみの心で駆け回れる理由が、ただ自分が石になりたい――死んでしまいたいからだとしたら、俺は、少しばかり腹立たしい」

「なんで？」

いつも明朗に話す彼が鈍い声色だ。きょとんと顔を上げると、射抜くように見つめられた。

「俺が勝手に、生きてほしいと願っているからだ」

サファイアの瞳の、痛みを堪えるような光。

「……生きて、ほしい？」

（私に、この人がそう言った？）

気まぐれに口にした言葉には聴こえなかった。彼の心が耳を通さずにそのまま心臓に流れ込んできたようで、胸が痛い。

「そうだ」

彼は顔を横に背け、再び墓穴を掘り進める。

でも、なんで。ティアとこの人は王冠作りを終えれば二度と会う事もない相手だ。なのになぜこんな優しい言葉をくれるんだろう。今まで誰も、ティアにそんな事は言ってくれなかった。

ギルバートはスコップを穴底に突き立てた。

目を見開いたまま立ち尽くすティアに、彼はこびりついた土を払い、箱を差し出してくれる。

両手に取るとずしりと重い。ティアラやネックレスが一式収まるジュエリーボックスらしい。

埋められてから十八年は経っているはずの箱は、すでに朽ちかけて蓋も緩んでいる。壊さぬようにそっと開けると――、褪せたビロードのクッションの上で、清潔な白さの真珠が輝いた。

蝶を象った真珠のブローチだ。金細工の手癖で祖母の作品だと分かる。たぶん祖母が母の為の守護貴石として作った物だろう。

（このブローチ一つくらいなら、おばあちゃん一人でも、宮殿の石牢から持ち出せる）

ティアが聞いていた通りに母が森の家で病死したのなら、墓に遺骸ではなくブローチ一つを埋めるはずがない。

……なら、そうか。やっぱり。

唇が戦慄(わなな)く。

「どうしよう、ギルバート。あたし……本物の王冠の魔女だった」

ティアは恐る恐るブローチに指を伸ばし、自分の運命に、初めて指を触れた。

大魔女ゲアラハ伝承　異聞

金の太陽、銀の雨。花咲く野原、青緑の泉。神に愛された豊かな土地で、一人の男が岩座(いわくら)に座して建国を宣言し、国を「運命の石の国(リアファル)」と名付けた。

しかし隣り合う国々はリアファルへの侵攻を繰り返す。そこで魔法の国・小アナム島から一人の魔女が招かれた。彼女は和平の為に尽力し、ついには王の妾妃(しょうひ)となってリアファルに残り、双子の兄妹をもうけた。

二人のうち妹には特に強大な魔力があり、父王をよく扶(たす)けて国の安寧(あんねい)に寄与した。しかし王は次第にその魔力が恐ろしくなり、いつか小アナムに国を奪われるのではと、密(ひそ)かに兄を幽閉(ゆうへい)して、彼を盾に妹を思いのままに操ろうとした。

兄の自由を求める妹の訴えは幾度も退けられ、とうとう妹は、自分の父でもある王を弑(しい)してしまった。彼女は母と共に宮殿を脱出し、兄が幽閉された牢へ向かう。しかし彼はすでに妹の足枷となることを恐れて自決しており、更には小アナム島の血族すらも王の手によって根絶やしにされていた。

母の怒りは凄まじかった。上下を逆さに返した金床で鉄の剣を鍛え、酸で腐らせた刃で自らの胸を裂き、抉り出した心臓を宮殿の北に埋めた。その激しい呪詛により、リアファルの大地は穢れた。星は赤く輝き血の雨が降った。石は燃え、草花は根腐れして汚泥は病を運ぶ。洪水は小アナムを呑み込み、魔女の知恵の記録を全て海中に沈めた。

そうして一人きり残された強大な魔力を持つ妹こそ、大魔女ゲアラハであった。

彼女は病み飢える民を哀れみ、大地の穢れを浄化する王冠を作った。

それが魔法の王冠だ。

ゲアラハは新王となった正妃の息子にそれを与え、誓約を交わした。私は王の為ではなく民の為に、血脈の子らに呪力を授ける。お前達が再び我々を裏切らぬ限りは、新しい王冠を作って国を護り続けよう——と。

かくして魔女はリアファルから去った。そして王の代替わりごとに、どこからともなく現れる魔女の王冠により、リアファル王国は今も穢れの呪詛から護られ続けている。

語り　アン・アトウッド＝ウィルスト　記録　ジェフリー・ウィルスト

現代リアファル語で書かれた、一枚の記録。

真珠のブローチの下から発見した物だ。暴いた墓の前で読み上げてくれるギルバートの声が、読み進めるほどに硬くなっていく。山火事の残り火に照らされる彼の横顔もだ。

ティアは耳に流れ込んでくる言葉をすぐには呑み込みきれずに、ふらりとよろめいた。

「お伽話と違う話だ。大地が穢れた順番がちがう。穢れている土地に国を建てたんじゃなくて、大地が穢れたのは、王様がヒドい事をしたせいになってる」

「……こちらが原型なんだろう。政治的作為で、今は魔女が聖女にすり替えられているのと同じだ。王国に都合の悪い歴史は書き換えられる。建国のお伽話も然りだ」

「でもなんでおばあちゃんまで、あたしに嘘のほうを教えた？」

「それはそうだろう。誰もが知ってるお伽話だ。君が王を貶めるような話を語ったら、教会から魔女と迫害されるかもしれない。君を守る為だ」

ギルバートの説に、そう、とティアは呻いて頷いた。

……祖母の心中を思うと辛い。でも彼の言うとおりなのかもしれない。

考えてみたら王冠の間の古い壁画は、原型の順番だった。豊かな野原の絵の後に穢れた世界が描かれ、次にゲアラハの戴冠の場面になっていたと思う。

ならばあれは、二代目を継いだ王が描かせたのかもしれない。国の荒廃を目の当たりにした彼が、初代と同じ轍を踏むまいと自戒の為に。

けれど魔女による王冠の更新が恙なく行われ続けたせいで、大地が一度穢れたという事実が忘れられ、建国の伝承すら歪められてしまって――。今や国の中枢にいる人達すら、王冠の加護を信じない事態になってしまった。

小さな紙一枚に秘められた途方もなく重たい歴史に、ティアは膝が震える。

「アンというのは君のお母様か？」

ギルバートの問いにかろうじて頷いた。ファミリーネームが「アトウッド」と耳慣れないものだが、祖母が宮殿から逃げた後で、身を隠す為に「アシュリー」と変名したのかもしれない。

「ジェフリーはお父さん。お父さんはコウコガク？　の、学者さんだったって」

「なるほど。小アナムの血脈を辿って、君のお母様まで行き着いたのかもしれないな」

ギルバートが畳んで返してくれた父の手記を、母の守護貴石と一緒に元どおりに箱に収め、墓穴に戻す。

土を被せながら、ティアは牢に刻まれた呪詛をギルバートに語った。

現王ヘンドリーが自分の魔女を裏切り、その娘を攫って死なせてしまった事。その魔女の親娘がティアの祖母と母だった事。

祖母がティアに王冠の魔女の話を欠片も伝えなかったのは――、ティアが憎しみを胸に抱いて生きなくて済むよう、すべて胸に仕舞っていてくれたのかもしれない。

小アナム語しか読み書きできなかった祖母がティアに教えられる生きる術は、守護貴石を作る事だけだった。石と話す言葉を使えれば、独りきりになっても石を友達に寂しさを紛らわせられる。だが文字は教えない。ティアは次の世代に形あるものを遺してはいけないからだ。

祖母の言っていた〝可哀想な子〟の意味が、やっと分かった。

ティアは森から出ず、一人で生きて、一人で死ねと。

魔女の言葉と技術と共に血族の最後の一人として死ねと、祖母はティアの運命を定めたのだ。

私は魔女の血族の、滅びの子だった。魔女がこぼした涙の、最後の一滴。

この墓穴の遺品は、祖母がティアの為に遺した「忠告」だ。

ティアが母の墓を暴いて出自を知るときが来たのなら、心せよと。王が「魔女」を裏切ったのは一度だけではない。三度目の機会は決してくれてやるなという。

――ティアがたどたどしく語る間、ギルバートはずっと黙っていた。そしてティアが沈黙すると、彼は代わりに重たい口を開いた。

「王冠がなければ、必ず国が滅びる。しかもその魔女の気分次第で次は王冠を与えてもらえないかもしれない。為政者（いせいしゃ）の立場から考えれば、恐るべき呪いだ」

「うん……。今回作ってもらえても、次、ホントに魔女が来るか分かんないって、きっと怖い。王様が知らないうちに、魔女の血筋のほうが勝手に絶えちゃうかもしれない」

母を捕らえたくらいなのだから、ヘンドリー王は王冠の魔女も穢れも実在する事を知っていたはずだ。もしかしたら代々王にだけは真実が伝承されていたのかもしれない。そして次を継ぐ王子の為に、ヘンドリー王は次代の魔女を手の内に確保しておこうと考えた。だが結局、手に入れたその魔女を自分の手で殺（あや）めてしまった。自分の次の世代は王冠の更新は叶わないと分かって、王はきっと絶望した事だろう。……そして今、彼の恐れた通りの事態になっている。

墓穴の土を踏み固め終えたら、どっと疲れて草の上に座りこんでしまった。ギルバートもスコップの柄に額をのせて大きな息をつく。

「……俺の父が君の家族を奪ったとは、残酷な真実だな」

「――え？」

ティアでなければ拾えない程のひそかな呟きに、聴き流してはいけない言葉が混ざっていた。目を見開いて隣を見上げたティアに、ギルバートは疲れた顔を向けた。

「ティア・アトウッド。君はまだ、両親を殺した国を救う気でいられるのか？　君にはこのまま逃げる権利がある。その道を選ぶなら、俺は君を安全な場所へ案内しよう。国外へ――新大陸で不自由なく暮らせるように手配する」

「でもそれじゃあ王冠が……、」

問いかけたティアは唇を噛んだ。これは彼の立場ギリギリの、精一杯の優しさなのだ。

「高貴なる者の義務（ノブレスオブリージュ）」として国の人々の命を背負っている人だ。本当ならば王冠を作れと命じたいだろうに、ティアの為にその言葉を呑み込んでくれている。

握りしめた手のひらの肉に爪が刺さった。こめかみに汗が浮かぶ。胸が痛い。心臓が痛い。目の端に涙が滲んでくる。祖母との森の暮らしを思い、全ての恨みを独り抱きしめて逝った祖母の無念を思い、焼かれて死んだ父と、唐突に幸せも命も奪われた母の憎しみを思う。そして、可哀想な子のままで死ねと、ティアの運命を定めた祖母の哀（かな）しい目を思い出す。

(だけどおばあちゃん。私は可哀想じゃなかったのよ)

親はいなくても祖母がずっと一緒にいてくれた。石と語り合える言葉を教えてもらえた。この美しい世界を守護貴石に託して仕立てる喜びを知る事ができた。

そしてこの人が、こんなにもちっぽけなティアに「生きてほしい」と願ってくれた。

「……ギルバート。あたし、あなたの事が好きだよ。文字を教えてくれた。あたしを迎えに来てくれた。今も逃がそうとしてくれてる。イアンさんも優しい人だ。だからきっとイアンさんとあなたなら、三度目の裏切りはないでしょう？　そうだよね？」

「――約束する」

蒼(あお)の瞳が強い光を湛えてティアを見据える。

ティアは地面の土くれを両手に握り込み……、胸の内に浮かんでくる人達に詫(わ)びた。

「あたしは王冠を作る。王冠の魔女として」

ギルバートは頷かなかった。そうかとも言わない。

だがティアの前で片膝を泥の上に落とした。彼は脱ぎ捨てた手袋を地面に捨てると、素手でティアの右手を取る。

そして、まるで聖女に対するような恭(うやうや)しさで自分の額に押し当てた。

手に隠れてしまって瞳の表情は窺(うかが)えない。喜んでくれると思ったのに、食いしばった犬歯が、とてもそうには見えなくて。

「ギルバート……？」

ティアが彼に顔を近づけようとした、その瞬間だ。

森の梢から鳥の群れが羽ばたいた。野生の獣達が駆ける蹄の音が轟き、馬車の馬も嘶く。

「なに――!?」

二人は顔を見合わせ同時に立ち上がった。

不穏な気配が森に満ちている。急に足下がひやりとした。地面からぷつぷつ、まるで擦り傷から滲む血の玉みたいに、穢れの光が漏れ出してくる！

もうこの森にまで、穢れが押し寄せて来た!?

いや、イアンは国の隅々で災害が起こっていると話していた。むしろ先祖の宝石庫のあるこの土地が、一番最後だったのかもしれない。

赤い穢れの光はみるみるうちに地面に小さな水溜まりを作っていく。その水溜まりから赤い光が霧のように立ち昇る。ぼんやりと空気を揺らめかせながら、空へ、空へ。

「ギルバート、上！」

ティアは彼の肘を掴んだ。

ちょうど宮殿がある南の方角の真上で、あの赤い星が、沈む直前の太陽ほど巨大に膨らんでいる！

「ティア、俺には視えない。どうなっている」

「赤い光が地面から空に集まってる！　真っ赤な星が、すごく大きくなって――、」

「君が度々言っていた、あの星か？」

ティアは唾を呑み込みながら頷く。

あれはこの後どうなる？　ティアの目には今にも破裂しそうに見える。

王冠の間の壁画が頭をよぎった。穢れた大地を描いた真っ赤な絵は、大地も空も一面赤く塗り込められていた。まさに今の光景だ。

大地の穢れは天に集まって巨大な星となり、膨らんで膨らんで最後に破裂して、赤い血の雨となって降り注ぐのだ。穢れの光は泉に川にと流れ込み、地下に浸出して井戸も侵す。それを飲む人間達は何が何だか分からず病気になって死んでゆく。獣も石も死ぬだろう。

恐ろしいと震えた落雷や洪水すら、ただの始まりだった……！

「あたし今から宝石倉庫に行く！　もう時間がない！」

ギルバートも真っ暗な森の奥へ目を向け、覚悟の面持ちで頷く。手を繋ぎ駆け出そうとしたが、

「いたか!?」

「女の声が聴こえたぞ！　火事現場の裏手だ、集まれ！」

店のほうから響いた声に、ギルバートの瞳が強く煌めく。二人はすぐさま足音を殺して森の際を走り、馬車まで戻った。

「馬車では轍の跡が残る。馬で行こう」

「あ、あたし、馬なんて乗った事ないよ」

「ダンスと同じだ。男のエスコート次第」

ギルバートはティアを鞍に押し上げ、彼もすぐにティアの背を抱いて手綱を取る。

「案内を頼む」

「うん！」

黒い森に飛び込んだ。馬も危機を感じているのか、密生した木々の間を跳ねるように擦り抜けて懸命に走ってくれる。

一路、地下倉庫へ！

雨の雫が顔に打ちつけて前が見えづらい。逃げゆく野兎や狐は、穢れの光がまだ薄い森の奥を目指しているようだ。並走する鹿の群れが、王兵達の追跡からティア達を匿ってくれる。

「ギルバート。地下倉庫の鍵はネックレスについてる。あたしに何かあったら、石達の事をお願い。悪い人に渡さないで大事にして。エスモンドさんが誰かの守護貴石に仕立ててくれたら一番いい。あの場所はアシュリー家の……アトウッド家の秘密なんだ」

「大変な秘密を託されたな」

ティアが落馬しないよう腕の間に支えながら、彼は渋い声で返す。

「ならば秘密を交換しよう」

彼はティアの手を掴み、腰のベルトに挿した猟犬のステッキに指を這わせた。

「これが俺が最初にもらった守護貴石だ。生誕の守護貴石」

「ステッキが？　これ、イアンさんがくれたって言ってた」

「元は一粒石のブローチだったんだ。君は猟犬の左目がスピネルだと見抜いたが、右目をよく見てなかったな。右は本物のルビーだ。危ないから隠した方がいいと、殿下がステッキに仕立て直してくださった。その時、ルビーの下に色箔(はく)を敷いてあえて彩度を落として見せる細工をした。――本来は鳩の血色(ピジョンブラッド)のルビーだ」

「本物!?　鳩の血色で、あれ十カラットくらいあった!?　それは、持ち歩くの危ない」

しっかり確かめたいが、馬鞍に揺さぶられてステッキを抜きとる余裕もない。

「あっ、そこの大岩で右！　すごい、歩いたら一時間はかかるのに！」

彼は手綱と鐙(あぶみ)で馬を巧みに操る。この調子ならあと十分かからず到着できるかもしれない。だが、鹿の群れが針路を変えてしまった。彼らがティアから遠ざかると同時、背後から幾つもの馬の足音が近づいてくる！

このままついて来られたら、地下倉庫に入れない。

「いたぞ！　鹿の群れに交ざってる！」

鋭く響いた声に、ティアは馬上でギルバートと目を交わした。

王兵は別れた鹿のほうを追って遠ざかっていく。運よく間違えて指示をしてくれたようだ。

ギルバートは馬を止めた。

王兵の気配が消えるのを待つうちに、次第に静寂が戻ってくる。

「た、助かったね、ギルバート。ここからあと少しだよ」

「後は歩きで行こうか。馬を繋いでおいたら、ヤツらの目印になってしまう」

小声で言葉を交わして馬から降りる。地下に入りさえすれば、中は複雑な迷路になっているから簡単には見つからないはずだ。

「馬、ありがとう。まっすぐ行けば外に出られるよ」

馬の首を抱いてから、王兵達が消えたのと逆方向に尻を押してやった。おっかなびっくり森の道に入っていく馬を見送っていると──。

がさり、真後ろに下草を踏みしめる音！

ギルバートがとっさにティアを後ろに隠し、短銃を抜いた。だが、

「──見ぃつけたっ」

かくれんぼの相手を見つけたような笑顔で飛び出してきたのは、まさかのイアン・エヴァレット殿下、その人だった。

8「誰が為のサファイア」

「迫真の演技だっただろ？　みんな街の友達でさ、劇場の俳優もいるんだよね」

地下坑道の迷路に明るい笑い声が響く。

ティアは最前列から、呆（あき）れ顔の伯爵様とその後ろの王子様を振り返った。つまり王兵を煙（けむ）に巻いてあらぬ方向へ誘導してくれたのは、彼とその友人達だったわけだ。

「王子様が自分で出て来るなんて、びっくりだ」

「そう？　だけど大臣達ってさ、いつも手と足を汚す仕事を誰かに押しつけるじゃない？　だから隙（すき）ができて出し抜かれるんだと思うよ。僕はなるべく自分で動きたいタイプなの」

こんな時にもあっけらかんと笑うイアンだが、手勢の友人集めから、王兵の追尾にティア達の捜索、相当な無理をしてきたようだ。上等の服が雨と泥ですっかり汚れ、図らずとも新聞記者のエバンズ姿になっている。

「しかし殿下。彼らは予想していたよりもずっと早い動きでしたね。何かありましたか」

「うーん。ティアの脱走、朝までは隠せそうだなって様子を見てたんだけど。工房長が取り乱して大騒ぎし始めてさ」

「エスモンドさんが？」

いつも皮肉げに眉を吊り上げている彼が取り乱すなんて、想像がつかない。学友のギルバートのほうも同感のようで、彼こそ眉を上げた。

「あいつ、急に僕のところに押しかけて来てね。新作のアクアマリンの王冠を台座に載せてみてくれって言うんだよ。まぁ僕としてもそれが当たりだったらラッキーだから、さっそく王冠の間に連れてって試したんだ。結局、また彼のじゃ駄目だったんだけど」

「あ、あたしのせいだ。あたし、王冠が本物か台座に載せたら分かるって言っちゃった」

「そういう事かぁ。それで彼ね、駄目だって分かるなり『ジェットで王冠を作る』って王立工房に取って返したんだ。ところがすぐに戻ってきて、そっからが大変！　工房に保管してあった宝石全て品質がひどく落ちてるって。宮殿の国宝も駄目だ、何があったんだってめちゃくちゃ怒るわけ」

品質が――？　口の中で呟き、ティアはアッと気がついた。石が死んでしまったんだ。エスモンドは石と話せなくても穢れの赤が視えなくても、優れた宝石士だ。愛する石が本質的に変わってしまった事に気づいたに違いない。

「『石がおかしくなったのは大地の穢れのせいなのか、アレは現実にある事なのか』って、僕が何度説明しても鼻で笑ってた事を今更信じたらしいよ。それはありがたいんだけど、ティアに話を訊くって牢獄行っちゃって、君が逃げたのもバレちゃった。もちろんそんなハデな大騒ぎを大臣一派が見逃すはずないからさ。工房長が『ティアは先代の魔女と同じ腕輪をつけていた本物だ。あいつを取り戻さないと国中の石が皆死んでしまう』って動転してるトコまで、ばっちり把握されちゃった——ってわけ」

滔々と語って肩をすくめたイアンは、坑道の天井から滴り落ちた雫がつむじに命中して、ヒャッと身を震わせた。

「そういう事情なら、殿下ご自身も脱出したのは英断でしたね。公爵にとって、殿下はすでに〝必要のない駒〟だ」

「はっきり言うよなぁ、ギルって。まぁ、そういうわけで暗殺待ったなしの王太子殿下は、唯一の希望の魔女様を追っかけてきたんです」

笑いながらもイアンの声は重い。ティアは理解がついて行かず、二人を振り向いた。

「な、なんで？　イアンさんが必要ないってどういう事？」

「王冠の魔女のお伽話が、実は現実だったと、皆が信じた。おかげで、ティア。君の価値が高くなりすぎたんだよ。君を自分の籠の鳥にできれば、公爵大臣は王権回復などとまどろっこしい事を画策する必要がなくなる。殿下を葬って己が王座に就いてしまえば、もう彼の独裁を誰も止める事ができない。この国に生きとし生ける者にとって、君が最高の人質になる」

「……お母さんの時と、同じだ」

「ああ」

ギルバートは苦い顔で頷く。ティアは銀の腕輪を手で覆った。

（もしも公爵に捕まったら、彼の為に王冠を作らされるだけじゃない。子供を産まされて、そ

の子もその孫も、ずっとあの男の子孫の為に生かされ続ける事になるんだわ）

身に迫る可能性に怖気が走る。

長い長い坑道の迷路を、互いに情報を交換しながら歩いた。牢のメッセージの答え合わせ。そして母の墓から掘り出したゲアラハ異聞の手記。

イアンはだんだんと無口になっていく。

そして最奥の大扉にたどり着いた。

「領地の果ての森の地下に、こんな遺跡があったのか……」

「ギルバート、遺跡じゃないよ。今も使ってる。あたし毎日通ってた」

驚きの声を漏らした彼は、毎日、とますます目を大きくする。

ティアはネックレスの鍵を錠前に差し込んだ。

二人に手伝ってもらって扉を押し開けると、ひんやりと清涼な空気が頬を撫でる。森から離れていたのは数週間のはずが、何年もこの空気に触れていなかった気がする。

ティアは肺いっぱいに懐かしい空気を吸いこんだ。

『皆、ただいま……！　帰ってきたよ』

静まり返った倉庫に、ぽっと灯った光。それが七色の光の波になり、見る間に四方へ広がっていく。おかえり、おかえりと応えてくれる石達！

（よかった、皆ちゃんと元気だわ！）

前と何も変わっていないことに、その場にくずおれそうなほど安堵した。

「ねぇ、イアンさんなら視えるでしょっ？　石は元気だったらこんなキレイに輝くんだ」

「……え、いや。何も変わってない、けど」

口ごもって答えるイアン。

「そうなの？」

彼は穢れの禍々しい光には敏感でも、キレイな方は視えないのだろうか。それはとても残念だが、本人は気にしていない様子で、莫大な量の宝石が並ぶ棚を覗き込んでいる。

「すごいなぁ。この倉庫が丸ごとティアの一族のコレクションなの？」

「先祖が何百年もかけて集めたって、おばあちゃんが言ってたよ」

「初代のゲアラハからとなると、七百年ってとこかね、ギル」

「ええ。歴代の魔女達が、王冠作りの報酬に宝石を持ち帰っていたのかもしれませんね。宮殿には各地から献上される珍しい宝石も集まりますから。エスモンドに確認してもらわないと断定できないが、これは新大陸の鉱脈のロードクロサイトだな。彼がいたらきっと夢中だ」

ギルバートは出入り口に近い、たぶん祖母が足したばかりのコレクションに顔を寄せる。

さて、お目当てのジェットは一番奥の棚だ。梯子を用意するまでもなく、ギルバートが背伸びして木箱を取ってくれた。

ティアは箱の中に詰め込まれた大小様々のジェットを選り分け、ビロードに包まれた、両手に余るサイズの原石を取り出した。

このジェットはティアに、太古に木として生きていた頃の記憶を語ってくれた事があるが、それはもしかしたらゲアラハの時代だったのかもしれない。

『ジェット、出番だよ。あなたで王冠を作りたいんだ。この国の新しい王様の為に力を貸してくれる？』

語り掛けると、にわかに石の鈍い光沢が強くなる。

「イアンさん、こっちに来て。どのジェットが一番あなたに相性いいか、ジェットがあなたとどんな風になりたいか訊いてみたい」

「……分かった」

「緊張しなくて大丈夫だよ。ここはまだ穢れてないから、宮殿みたいな事にはならない」

神妙な顔で前に立ったイアンに、ティアはジェットを両手で捧げ渡した。

するとさっそく、光を全て呑みこんでしまうような黒が、ぎらりと照りを強くする！

「真っ黒な岩石みたいに見えるけど、すごく軽いんだね」

「うん。もとは大昔の木だった宝石なの」

イアンの感想に頷きつつも、ティアはジェットの反応を見逃すまいと夢中で観察する。ギルバートも横から興味深そうに身をかがめてきた。

『ジェット。あなた、どんな王冠になりたい？』

――ひかりはイラない。ワタシはチンモクのなかで、ふかきかなしみをいやすイシ。

思慮深い賢者のような声が、重々しく応えた。

ティアは思わず、少年の面影が残るイアンの明るい顔立ちに目を上げた。ジェットが選ばずにいられないような悲しみを、この青年は抱いているのだ。

「ティア、心配そうな顔をされると、ドキッとしちゃうんだけどさ」

「大丈夫だよイアンさん。あたしちゃんと作る。全身全霊でジェットの王冠を作る」

光はいらない。なら、そう。それは地金なしで全てをジェットで構成した、真夜中の闇の底みたいな真っ黒の冠だ。仕上げもあえてザラつきを残すべきだろう。正面の主石だけはよく磨き上げて涙の雫を象る。

若くして国を背負う彼の、覚悟と悲しみの王冠だ。

作るべきものが頭の中で形を成した。

この形はきっと正しい。魔女としての正解は分からないが、宝石士としての勘ではきっと。

「ジェットだけなら、柔らかいから手ヤスリで加工できる。古いヤスリが倉庫にまだあるかもしれない。探してみ――、」

――ティア。ダメだ。まにあわない。ティ――、

『ジェット!?』

ティアはざわりと総毛立ち、イアンの手から素早く彼を持ち上げる。ジェットの裏からほたほたと赤い光の粒が落ちた！

「うわっ！」

声を上げたイアンの手にぶつかって、ジェットを取り落としてしまった！

とっさに手を伸べたが間に合わない！　ジェットが硬い音を立てて石床に転がっていく。そ

の後に点々と、穢れの光が煌めく。

ギルバートが靴先に転がってきたジェットを拾ってくれた。受け取ろうと顔を上げたティアは、絶句した。

——いつの間にか、倉庫全体が仄赤く光っている！

気づくと同時、倉庫のあちこちから石の慄く声が聴こえ始めた。

「ティア、どうした」

硬直するティアの異変に、ギルバートが肩を掴んでくる。彼が持っているジェットは石肌から赤い色を滴り落として、もうとっくに息絶えている。イアンも真っ赤に光る自分の両手を凝視したまま動かない。

「……ご、ごめん、ティア。僕の手が穢れてるせいだ」

「ち、ちがう！　だいじょうぶだよ！」

ティアはドレスの裾をたくしあげ、彼の手をごしごし擦る。しかしすぐに手のひらに穢れが浮き上がって指の間から床に零れていく。

「これ、なに？　なんでイアンさんの手、こんな事になってるのっ？」

ぬぐってもぬぐっても湧き出てくる赤い光に、ティアの手も赤く汚れていく。

「……駄目だ。ギル」

イアンが恐ろしく低い声で呟いた。

「やっぱり僕じゃ駄目なんだよ。ゲアラハは穢れた僕を許さない。僕では王座に就けない」

「殿下。今のお言葉は冗談では済みません」

石達が何かを歌いだした。ティアは首を巡らせる。かすかな音色が光の波になって増幅していく。苦しそうな、哀しい旋律だ。ちりちり星の瞬くような高音に、原石達の振動する太い声。宝石達の悲しい合唱がだんだん大きく確かになって、倉庫に響き渡る。

「石が……歌ってる。あたしこんな唄、今まで一度も聴いた事ない」

「唄？」

呆然と呟くティアに、ギルバートも部屋を見回す。

「……仲間が死んでゆく。私もすぐに眠りにつこう。荒れ果てた世界に、どうして一人きり残っていられようか。眠りの時が来た。仲間達よ、どうか安らかに、安らかに……って」

滅びの唄だ。

そう分かった瞬間、ティアは激しく首を振る。

『駄目よ！　皆あきらめないで！　私は行くけど、必ず戻ってくるわ！　大丈夫だから！』

倉庫中に響く大声で、やるせない唄を遮る。

「ギルバート！　生きてるジェットの箱、それ、持って！　ここから出る！」

「殿下、行きましょう。確かに空気が変わった気がする」

立ち尽くして動かないイアンの腕を、ギルバートが掴む。彼は我に返って頷いた。

「そうだ。僕がここにいたら魔女のコレクションを殺してしまう」

呻くなり、彼はいきなり走り始めた。ティアとギルバートも後を追う。

金の鍵で扉を閉めて三人は地上を目指しひた走った。

「ティア。僕の為に王冠を作るのは無駄になる。僕では王座に就く資格がないんだ」

「なんでそんな事言うの！　今のはただ、穢れがここまで追いついて来ただけ！」

叱るように鋭く返すと、イアンは目を伏せた。

「ちがうんだ、ティア。ごめんね。僕のこの手が穢れてるんだ」


「陛下を殺したのは、僕だから」


イアンの震える細い声音は、石の囁きほどに小さかった。

けれど、でも、確かに聴きとれた。

ティアが走ることを忘れて足を止めると、イアンもギルバートも立ち止まった。

「……だって。陛下って、イアンさんのお父さん？」

「うん」

「だけど王様は自殺したって、ギルバートが」

「そう？　ならそう言ったのは、ギルの優しさだ」

イアンの視線を受けたギルバートは、苦々しく眉を寄せた。

「自業自得で己の命を縮めたと、そういう意味です」

（本当の事なの？　王様を、自分のお父さんを、イアンさんが殺した？）

問いかける眼差しを、二人は目を逸らして拒絶する。

イアンは自分の手の赤い光に目を落としてから、強く握り込んだ。

「とにかく行こう、ここから離れなきゃ」

再び走りだした三人の背中を、宝石達の鎮魂歌が追いたてる。

「魔女の呪力を持つわけでない僕に赤い光が見えたのも、きっと、これは僕が引き起こしたものだからだ。僕の手にこびりついた死の穢れが、全ての始まりだったんだよ」

行き止まりにたどり着いた。梯子を登って出入り口を草で隠し――、

「今、向こうで気配がしたぞ！」

背すじが凍りついた。王兵だ！

三人で大木の陰に身を潜め、口を手で塞いで呼吸の音を消す。

下生えを踏む馬の蹄の音が近い。木立の向こうに赤い制服が覗いて見える。だが背中の方角からも足音が聴こえてきた！

（逃げ道がない！）

これから起こる事の予感に震え上がるティアの耳に、イアンが口を寄せた。

「いいかい、ティア。僕が乗ってきた馬が君の店のそばに繋いである。僕は反対方向に引き付けるから、ギルと逃げて」

「イ、イヤだよ。王冠を受け取るあなたがいなきゃ、どうにもならない」

荒らげそうになる声を必死に抑える。

「ティアの言うとおりです。殿下は今、発見されれば身の安全の保障がない立場だ。ここを逃げきって己の責任を果たさなくてはならない。囮は私がやります」

「それが一番駄目だよ、ギル」

厳しく言い返すギルバートに、イアンはなぜか……顔中に皺を作って笑った。

胸が締め付けられる、あの宝石達の鎮魂歌と同じ色の笑顔だ。

「本当はもう分かってるんでしょ。今、本当に覚悟を決めなきゃいけないのは誰なのか。ねぇ、――兄様」

笑みかけるイアンの瞳は、まっすぐにギルバートを見つめている。

にいさま？

ティアが息を呑み、ギルバートがイアンの腕を掴もうとしたと同時、彼は茂みの外に駆けだしてしまった！

「いたぞ！　殿下だ！」

「お一人か⁉　囲め！」

彼の背中を馬が追う。その騎兵の姿にティアは寒気が走った。猟銃を背負っている！

飛び出そうとしたが、ギルバートに抱き止められた。彼の胸に顔を押しつけられて、声ももがく動きも奪われる。

「……っ！」

遠ざかっていくイアンの足音。何頭もの蹄の音。乾いた発砲音。

ギルバートは背を向け、ティアの腕を強く引いて走りだす。手首に食いこむ指が冷たい。歯を食いしばる横顔を、ティアは転げそうになりながら見上げる。覚悟を決めたこの瞳に、ティアが言える事なんて何もない。

下唇を噛んで駆けながら、あの悲しいジェットの青年の無事をひたすらに祈るしかなかった。

※

「これで王冠を作れるか、石に聞いてくれ」

馬鞍に揺さぶられながら、彼はタイピンを外してティアの手に握らせた。

「……作れる。あなたのサファイア、あたしが今まで見た中で一番、すごい光を放った。だけど脇石も地金もいる。旋盤とかタガネとか、道具がいっぱい必要だ」

「ここから一番近い町に宝石工房があった。そこの設備で可能だろうか」

ティアはたぶんと頷く。

「だけど、それでいい？」

ギルバートは明かり一つない真っ暗な林の先に視線を定めたまま、それでいいと低く呟く。

「あなたは……誰なの？」

イアンが「兄」と呼び掛け、国の未来に覚悟を決めろと言うのなら――、この人は。

「ギルバート・セイナーだよ。君の夫の」

首をひねって彼を見返ると、ティアを見下ろす瞳は切ない色を浮かべていた。

「だがルビーの守護貴石をもらった時は、クレイグ・アーサー・エヴァレットだった」

エヴァレット。この国の王家の姓だ。


ヘンドリー――イアンの亡き父は、王座には遠い第三王子だった。

友好国ロオーニアの王女と恋に落ちて結婚した彼は、すぐに長子クレイグを授かった。クレイグは「アーサー」の洗礼名と共に、ロオーニア産の大粒ルビーを守護貴石のブローチに仕立てて与えられ、郊外の離宮で幸せに静かに育てられた。

しかし彼が二歳になった頃、王太子と第二王子が狩猟の最中、野犬に襲われて死亡するという痛ましい事故が起こった。彼らにはまだ子供はなかった。よって王位継承権は突如として第三王子に転がり込み、時を待たずして王が崩御。立て続けの不幸の中で、ヘンドリー王子が王座に就き、彼の一人息子のクレイグが立太子される事となった。

それまで大人しい気質だったヘンドリーは、王座に就くなり人が変わったように攻撃的になり戦争を好んだ。彼に従った貴族は植民地政策で巨万の富を成して潤い、議会を通じて新王を推した。しかし民衆には戦争資金調達の為の大幅な増税を強いて。

王妃となったクレイグの母は、夫の変わりように慄然とし、宮殿の深くに閉じこもるようになった。すると別の問題が起こった。亡き二人の王子の妻らが、新王の耳に根も葉もない噂を吹き込んだのだ。

「夫に野犬をけしかけて殺したのは、王妃様です。彼女はロオーニアを後ろ盾に、クレイグ殿下を王位に就けてリアファル王国を奪おうと画策しているのです」

王は疑心暗鬼の闇に囚われ、もう一年もまともに顔を合わせていない妻を、「病死」として暗殺させた。

王太子クレイグは――、ある日、第一王子の妻が主催するピクニックに連れて行かれた。彼は乳母の目を盗んで森へ入り込み、野犬に食い殺されてしまう――という不幸な事件が起こるはずだった。

先代ディアマン伯爵は彼女達の計画を察知し、用意させた犬の内臓を「事故現場」に撒いてクレイグを密かに連れかえり、屋敷から出さずに育てた。クレイグが外の世界に出たのは、寄宿舎に入る少年の年代になって初めて、それも彼の私生児「ギルバート・セイナー」としてだ。先代伯爵はクレイグを守る為に身に覚えのない醜聞までを被ってくれたのだ。

クレイグには身元が露見しないように髪を脱色させ、年齢を二つ上に詐称させ、決して出自を悟られぬように努めろと言い聞かせて。

「よく、ここまでバレなかったね」

「死んだのはまだ物心つく前だったし、男は少年になると顔も骨格も変わってくるからな」

ティアは奥歯を噛みしめた。

「ギルバートは、本当は王子様なんだ」

「三歳まではな。今はちがう」

「……自分じゃなくって、イアンさんに王様になってもらいたい？」

鞍にしがみつくティアのつむじに、彼の顎が乗っかった。この親しい仕草がティアを安心させようとしているのか、それとも自分の顔を見上げるなという意思表示なのか、ティアには分からない。

「揺りかごで眠る弟に初めて会った時。俺は、彼を守る為にこの世に残されたのだと分かった。ギルバート・セイナーとしてこの王太子を守って生きていくのが、俺の『高貴なる者の義務』だと。それでやっと、クレイグの自分を捨てられた」

馬の蹄が大きな石を蹴り飛ばした。大地に溜まった赤い穢れの水溜まりが、馬が駆けるに合わせて跳ね飛び、皮肉なほど美しい光で輝いて散る。

「俺を息子として育ててくださった先代伯爵は、国と領地の民の為に命を捧げて生き抜かれた方だったよ。俺が社交界に顔を出すようになった頃に彼は亡くなり、伯爵位と領地を継がせてもらった。父王と大臣らの横暴を議会の力で抑えつつ、殿下が王位を継ぐのを見届ける……つもりだったが。陛下は年々母に似てくる俺を警戒していたんだな。枢密院議会にまで食い込んだ頃、狩猟で俺と二人きりになったタイミングで、言い放った。『次はロオーニアに軍を進める議案を通すよう、大臣に指示した。あの国は兄二人を殺した、呪われた女の生まれた土地だからな』と。そのうえ言葉の限りを尽くして母を罵倒してくれた」

「なっ、なんで！　だって最初は王様、そのお姫様と愛し合って結婚したんでしょ⁉」

「分からん。ただ、王はもう長い事心を病んでおられたからな。あの時、俺の手には猟銃があり、森の奥で周りに誰もいなかった。嵌められたんだ。俺は怒りに我を忘れて猟銃を持ち上げようとした。だが――、先に横から飛んできた弾があの男の心臓を貫いた。……イアンだった。俺はそれまでイアンは何も知らないと思っていたが、彼はスカートを穿いていたような幼い頃に、伯爵家でこのルビーを見つけて、とっくに気づいてたんだ。俺が死んだはずの〝兄〟だと。それでまだ成人もしてない弟が……俺をかばって、父親を殺した」

現場には、王の企みに加担した大臣達しかいなかった。ギルバートが王に銃口を向けた瞬間に捕らえようと隠れていた彼らは、目論見が外れて慌てふためいた。まさか、今後自分達が傀儡にするのに最も都合のいい王太子が、父殺しをするなどとは思っていなかったのだ。イアンの次に王位継承権を持つ者は、公爵からは血筋が遠く、王座に就けるには都合が悪い。

おかげでイアンがした事も、王の死も、その場に居合わせた者達の胸に秘される事になった。以前から成人の儀と共に王位継承が成される予定だったとでもいうように、王の死を時の流れに押しやる予定が組まれた。王の崩御はイアンの戴冠式の朝、突然の訃報として告げられる事に決まった。

当初、儀式の飾りもの程度に思われていた新しい王冠作りについては、宝飾産業委員会の長を任命されていたギルバートが請け負い、――そしてティアと出会ったのだ。

「ギルバート……、大変だった」

そんな言葉しか出てこない。でも蒼い瞳は微笑んでくれた。

今は焼けてしまったあの店で彼をサファイアの精と思った時には、そんな重たいものを抱えている人だなんて欠片(かけら)も想像しなかった。華やかな世界を謳歌(おうか)する、恵まれた人としか。

兄弟が片方の為に父王を弑(しい)した真実も、そして王や公爵が企んだ魔女を飼い殺す為の策略も、まるでゲアラハの時代を繰り返しているようだ。

馬のたてがみに赤い穢れが飛んで絡(から)まっている。ティアは血の気のない指でパッと払い落として、空の真っ赤な光球を見上げた。あれはゲアラハ時代から連なる、魔女の血族の、怒りの炎だ。光球はますます赤い光を強くして、ティアにはもう太陽がどこにあるのかも分からない。

「ギルバート。もう夜明けは来た？」

「東の空が白んできた。間もなくだ」

早く王冠を作って宮殿の台座に据えなくては。一秒だって早く……！

（私、本物の魔女でよかった。自分に呪力(ギフト)なんてものがあるか分からないけれど、私のこの手で、この哀しい兄弟を救えるかもしれない）

だけど時間がない。冷たい汗が背骨を伝って流れていく。

蹄の音の合間に、どこからかか細い歌声が風に乗って響いてきた。この先の町から聴こえてくるのかと思ったが、ちがう、これは地下倉庫の石が歌っていた、あの鎮魂歌だ。

今まさに駆けているこの大地が、リアファルの全土が歌っている。穢れに殺されていく大地が泣きながら別れの唄を歌っているのだ。

林を抜けて野原に出た。この道を直進すれば、すぐに町の入り口が見えてくるはずだ！

だが唐突に不穏な予感が心臓を貫いた。ハッと首を空に向けると――、

「ギルバート！」

　鉄が暴噴したような、爆ぜる音が轟いた！

　ティアはとっさに耳を手で覆ったが、馬が嘶き後ろ脚で立ち上がる！　馬鞍から手を離していたティアは、あっけなく宙に放り出された。

「ティア！」

　背中を抱きこむ強い力を感じると同時に、地面へ打ちつけられた。衝撃が肺を潰す。茂みの中を何回転かして、やっと体が止まった。

「う……っ、く」

「……ティア、怪我は」

　かばってくれた彼の腕の中で、ティアはすぐさま自分の両手を確認する。手に握っているサファイアも無事だ。両手もちゃんと動く。大丈夫、王冠を作れる。

「ギルバートは!?　怪我してないっ？」

「問題ない。だが、なぜいきなり馬が暴れたんだ」

　ティアは身を起こしながら空を仰ぎ、恐怖に身を震わせた。

　視界一面、砕けた光の塊が、無数の赤い流星となって降り落ちてくる！

　今の凄まじい爆音は――、あの穢れた赤い星が爆発した音だったのだ！

（あれが直撃したらどうなる――!?）

　死穢を直接身に受けたら、きっと無事ではいられない。だがもう間もなく、ここにも届く！

馬が半狂乱になって逃げていく。鳥の群れがけたたましく鳴きながら空を逃げまどう。地の底から聞こえる悲壮な鎮魂歌は強さを増して、座りこんだ腿をビリビリと震わせる。

「行かなきゃ。王冠を作らなきゃ」

立とうとしたのに、腰が立たず体が持ち上がらない。頭と手だけはしっかりしていても、体が恐怖についていかないのだ。するとギルバートがティアを背負いあげてくれた。

「ごめん。ありがとう、ギルバート」

穢れの雨に赤く染まった世界を、彼の背中から眺める。

ギルバートの足は、見る間に枯れていく花をよけながら前へ進む。

「……ティア。俺は君に王冠を作ってもらった後で、いつか父のように君を裏切る事があるのだろうかと、ずっと考えていた。魔女は王冠で時間制限つきの平和を与えて、また去ってしまう。次の魔女が王冠を作ってくれるか否かに万民の命が懸かっているのなら。国の安寧を思えば、魔女を手の内に確保しておきたかった父の気持ちは……分かってしまう。俺は、分かってしまうんだ、ティア」

「ギルバート……」

震える声で呼びかけると、彼はこちらに目を向けた。その瞳がちゃんとティアを見つめてくれていて、狂った王の目なんかではなくて、ティアは密かに安堵する。

「――けれど俺は、君に出会えた。俺が護りたいのはティアを含めてのこの国だ。なら俺は、俺の魔女を裏切れるはずがない」

俺の魔女。

その言葉がティアの心臓に染み込んで、魂を燃え立たせる。

この言葉を待っていたのだと、ティアの魂が叫ぶ。

そうだ。私はギルバート・セイナーの、クレイグ・エヴァレットの魔女だ。

母親を殺され自らも葬られかけて、それでも生まれの責務を果たす為に憎い父王の前に立ち続けた、この人の為の魔女だ。ティアを膝に乗せて文字を教えてくれたこの人の、全てを懸けて牢に迎えに来てくれたこの人の、ティアに人間の温もりを思い出させてくれたこの人の、この人だけの魔女だ。

「大丈夫。あたしはあなたの魔女だから。だからあなたを信じられるよ、ギルバート」

「……ありがとう、ティア」

ギルバートが自分の名を呼んでくれる声に、ティアは涙で喉が詰まる。

(お母さん、おばあちゃん、ゲアラハ。止めて、駄目よ。このままじゃ皆死んでしまう。命一つ生きられない国になる)

己の王の首に縋りつきながら、手の内のサファイアを強く握りしめる。

サファイアが求める王冠の姿は、もうこの目に浮かんでいる。それは咲き乱れる花を象った冠だ。花咲く草原の上で、彼は蒼く輝く空になる。平和で美しい、春の朝の蒼穹に。

(だけど、花を成形するのにどのくらい時間が要る？　花は一つきりじゃ駄目だわ。一面の花畑じゃないと。数日ではとても終わらない。そしてその王冠を持って宮殿の王冠の間まで戻ら

なきゃいけないんだ）

もう終わりが始まってるのに、このままじゃとても間に合わない。

「――ティア。誰か来た」

ギルバートがティアを地面に下ろし、身構えた。

彼の見据える先の林から、二輪馬車が接近してくる！　御者は王立工房の制服姿だ！

「待て、二人とも！」

投げ掛けられた鋭い声にティアは息を呑んだ。あの声は、それにあの長身は――、

「エスモンドさん！」

降りしきる細かな雨のただ中に、馬車が止まった。エスモンドは濡れた額を腕でぬぐい、御者台を降りてくる。

彼とギルバートは腹の内を探り合うように無言で視線を交わす。ティアも警戒して、拳の中のサファイアを固く握り込む。

今のエスモンドが味方か敵か分からない。いや、彼はティアの味方なんてしないだろうが、ギルバートの親友だ。しかしギルバートはいつでも銃を抜けるよう懐に手を入れている。

「卿、この先の町工房に話はつけてあります。ジェットの在庫も見せてもらったが、今のところは無事でした。今、王立工房の職人達が工房を守っています。彼らも爵位持ちですから王兵は手出しできないでしょうが、大臣格が来たらさすがに止められない。急いで下さい」

早口に語るエスモンドに、ギルバートは大きな息をつき、懐の手を抜き下ろした。

「感謝する。エスモンド」

「いいえ。アシュリーと話をしても？」

エスモンドの細い目に睨め付けられたティアは、自ら彼の前によろめき出る。

彼はティアの鼻先に、あの、牢に置いてきてしまった布鞄を突きつけた。

「それ……！」

「使い慣れた道具のほうが、手が早いだろう」

信じられない気持ちで鞄を受け取り、肩にかける。馴染んだ重みが嬉しくて、体が震える。

「僕には石が話す声なんてどれだけ耳を澄ませてみても聴こえなかったが、今、国中の宝石が死んでいっているのは分かる。それを食い止められる人間はと考えたら……悔しいが、お前しかいなかった。僕も手伝う。クラウンジュエラーも皆協力するつもりで揃っている。指示はお前が出すんだ。僕達はその通りに手を動かす。我々王立工房の宝石士は、ティア・アシュリーを本物と信じて、賭ける事にした」

「うん。うん……っ！　あたし、がんばる。ちゃんとやるよ」

涙が込み上げてくる。手練れの職人達が手伝ってくれたら、きっと何倍、何十倍の速さで作業が進む。あきらめるな、あきらめるなと皆がティアの小さな背を押してくれているようだ。

「言っておくが、僕がお前に頼み事なんて最初で最後だぞ。アシュリー」

「知ってる」

悔しまぎれの憎まれ口を叩いたエスモンドに、ティアは座席のステップに足を乗せながら、彼の真似をして眉を上げてみせた。その様にギルバートが笑いを漏らす。

――緊張が途切れた一瞬。

真っ赤な光が中空で閃き、両眼を灼いた！

眩しさも構わずティアは瞳を見開く。真上だ。火花を散らしながら、拳ほどの赤い光球がティアを目がけて落ちてくる！

手の中から、タイピンのサファイアが凄まじい光を放って絶叫する。

――にげろ!!

「ティア！」

思いきり背を突き飛ばされ、反射的に閉じたまぶたの裏が、赤く染まった。


「い、痛っ……」

ずきずきする額に手をあて、座席に腕を突いて体を持ち上げようとする。だが背中が重くて体が動かない。何か温かいものが圧し掛かっている。

上半身をよじって後ろを向いた拍子に、ティアの体の脇に大きな手の甲が落ちた。

全身に鳥肌が立った。

「……ギルバート？」

ティアの上にうつ伏せに倒れた彼の背中が、真っ赤に光っている。穢れの火がベストの黒い布地の上で火花みたいに爆ぜて踊っている。

心臓に冷たい血が流れ込んだ。ティアは両腕でずり這って彼の下から体を抜きとる。

眠っているような美しい横顔。

ティアは震える指でその頬に触れる。そして首筋に手を当てる。指先を押し当てると、弱々しい脈が触れた。

さっき落ちてきた穢れの光球が、彼の背中に直撃したんだ。

だがあの火の玉はティアを狙って落ちて来ていた。この人は体を退きさえすれば無事だったはずなのに、かばってくれた……？

(このままじゃ死んでしまうわ)

「エスモンドさん！　早く、町のお医者さんに！」

顔を御者台に向けて絶句した。そこに立っていたはずの彼もいない。馬車の後ろに身を乗り出すと、草原の地べたに倒れた彼の腕だけが覗いて見えた。馬も斜めに滑ったようにくずおれている。そのせいで馬車の座席も一緒に傾いている事に、今さら気がついた。

ティアだけが、ギルバートの背中と馬車の屋根に守ってもらって無事だったのだ。

強張った首の筋肉をぎこちなく動かし、周囲の景色を見回す。

空は一面真紅に染まっている。草原は燃える光に揺らめき、遠くの森は赤い霧の向こうで沈黙している。獣も鳥も気配がない。石達の鎮魂歌も、もう聴こえない。

「終わっちゃった……？」

天から落ちる穢れの雨が、ほとほとと項垂れた首の骨を灼く。

……たぶん、このまま赤い光を浴び続けていれば、眠るように死ねる。そうしたら土に還っていつか石になれる。

（でも、ギルバートの魂は石にはならない。神様の国へ行って、私とはこれでお別れだ）

終わってしまった世界は、ひたすらに赤い。

ティアは腕を伸ばして彼に触れようとして――、何か、硬い物を掴んだ。

腰に挿されたままのステッキの猟犬の頭だ。

右目だけ残った真紅のルビーの輝きが、ティアを厳しく見据えている。ギルバートが、王太子クレイグが背負う、義務の石。

叱られた気持ちになってティアは体を硬くした。

ぎしぎしと骨を鳴らしながら、左手の指を開いていく。

預かっていたタイピンのサファイアは蒼い光を放っている。まだ生きている。

――君に、生きてほしいと願う。

あの人は、ちっぽけなティアにそう言ってくれた。

赤い飛沫を跳ね上げ、ティアは立ち上がった。

「まだ、生きてる。あたしもギルバートも、このサファイアも！」

まだ、できる事がある！

ギルバートの体を屋根の下まで引っ張り込んだ。馬車の後ろにひっくり返っているエスモンドに駆け寄るが、ティアの非力では上半身も持ち上げられなくて、必死に足首を引きずって馬車の陰まで移動させた。馬はブランケットで頭まで覆ってやり、息をつく間もなく草原に歩み出る。

赤い水溜まりを避けて歩き、まだ元気な花を探してスカートを籠がわりに集めていく。

シロツメクサ。白いレースフラワー。黄色い水仙に可憐（かれん）な八重咲のセランダイン。

シロツメクサの茎を編み込んでいき、タイピンの針を刺して裏から金具で留める。その土台にレースフラワーを挟む。水仙とセランダインで黄色のアクセント。愛らしく揺れるブルーベルも散らしていく。

そうするとタイピンの瞳を象ったサファイアが、優しげな春の空の色に見えてくる。今は赤く染まってしまった空の向こう、確かに隠されているはずの蒼穹の色だ。

ひたすら花を編みながら、だいじょうぶ、だいじょうぶと何度も自分に言いきかせる。涙がほたほたと落ちて花びらを濡らす。

「……できた」

編み上がった花冠を両手に載せ、顔から離して確かめる。

しかしすぐに駄目だと分かった。

蒼い空の強い輝きと愛らしい花々の全体のバランスが取れていない。やはり脇石が必要だ。

花のエッセンスを抽出して石にしたような、光を含んで拡散させる色石が要る。だが、見本箱の石はすべて死んでしまっている。町の宝石工房に行くまでの時間も体力もない。

『どうすればいいの……？　ねぇ、おばあちゃんっ。私、あきらめたくないよ！』

絶望に呑まれそうになる自分が悔しくて腹立たしくて、地面を両手の拳で打ちつける！

……だけど、ちがう。祖母はもう応えてくれない。自分で考えるんだ。祖母が死んでから

ずっとそうしてきたはずだ。自分の頭で考えろ。どうすればいいのか、色石を手に入れる方法かその代わりになる何かがないか——っ！

——ティア、ティア。

誰かの囁きが耳をかすめた。腕輪のムーンストーンだ。無口な彼女が話しかけてくるのは珍しい。

彼女を見つめて、ティアは頭に閃いた思い付きに息を止めた。

(あった。まだ生きてる元気な石達が……！)

——そうよ、ティア。あたしたちがいる。

どくんと心臓が波打った。

そうだ。彼女の言うとおり、この色石達を腕輪から外して花冠に編み込めばいい！

だけどどうやって台から外す!?　この腕輪の石は地銀に埋め込むようにして留めてある。熱が必要だ。銀を溶かすには千度近くの炎が要る。

ティアは弾(はじ)かれるようにして立ち上がった。

馬車に駆け戻って御者台のランプの小窓を開ける。中の皿受けにはまだ液体燃石がたっぷりと残っているが、これはティアには未知の燃料だ。昔ながらの燃石ランタンなら五百度に達するか否かだが、街灯のガラス部分はクリスタル製だと聞いている。クリスタルは千二百度で溶ける。ならばそれ以下の炎、千度程度か？

――もう、迷う時間はない！

『皆、許して……っ！』

ティアは手首から外した腕輪を、一息にランプの液体燃石の中へ押し込んだ！

真っ赤に灼けた腕輪をペンチで掴んで引き上げ、ゆるんだ銀の隙間に工具を差し入れて次々と色石を回収していく。石をこんなに乱暴に扱った事はない。液体燃石の温度に皆がどれくらい耐えてくれるか分からない。ダイヤとターコイズは燃え尽きてしまった。母の守護貴石だった真珠も熱の中に消えた。ティアは涙を滲ませながら、崩れてしまった祖母のトパーズを除ける。ティアのムーンストーンも、ピンセットで触れたとたんに割れてしまった。

『ごめんっ、ごめんなさい……！』

自分が焼かれるよりも辛いが、手元だけは狂わせてはいけない。奥歯を割れんばかりに噛み締めてピンセットを操る。

アメシストとオパールは色が変わってしまったが、使えそうだ。ルビーもアレキサンドライトも、アクアマリンも大丈夫。ティアを励ますように強く輝いてくれている。

ティアは回収できた色石を、花冠の茎を裂いて作った隙間に押し込み、落ちないように細い茎で両端を巻き留めていく。

――そうして出来上がった……宝石と、生花の王冠。

ティアは馬車に倒れたギルバートの前に立った。

血の気のない美しい顔の、ホワイトブロンドの生え際がわずかに亜麻色(あまいろ)になっている。

(おばあちゃん。私は可哀想な子じゃない。ギルバートに会えたよ)

ディアマン伯爵ギルバート・セイナー。葬られた王太子クレイグ・アーサー・エヴァレット。

ティアは彼の前に両膝(りょうひざ)をついた。

あなたが誰でもいい。あなたが天の国へ昇ってしまう前に、私が生まれ変わって石になる前に――、

「あたしは、あなたと生きてみたいよ」

生きてほしいと言ってくれたこの唯一の光と、もっと一緒に、今を生きたい!

ティアは手を戦慄(わなな)かせながら、サファイアの輝く花冠を、彼の額にのせた。

※

――だれかがすすり泣いている。

幼い頃のイアンが頭をかすめた。違う、もっと細い声だ。……ティアか。そうだ、彼女の声だ。なぜ泣いている。寂しく震える声が胸をざわめかせる。一人でいるのか、ティア? 起き

て慰めてやらねば。俺はなぜ寝ているんだ。

指に力を入れたつもりが動かない。冷たい泥の中に体も思考も沈み込んでいく。

馬鹿な、ティアを一人で置いていけないだろう。イアンはどうなった。そうだ、王冠は？

彼女は国を亡ぼす呪詛と、まだ一人で戦っているのか？

ティア、俺の小さな魔女！

全身にまとわりつく赤い泥を振りきって腕を伸ばし、細い手首を掴んだ。その感触に目を見開いたとたん、真っ青な光に視界を灼かれた！

顔中をしかめて前に目を凝らすと、そこに黒すぐりの瞳が二つ瞬いて——、

「ギルバ——ッ、」

「ティ、ファ」

喉がかすれて思うように声が出ない。だが衝動にまかせて彼女を引き寄せた。仰向けの胸に小さな体を押し付ける。温かい、生きている……！

「あたし間にあった。間にあったよ、ギルバート」

彼女は胸から首を持ちあげ、涙でぐちゃぐちゃになった顔でギルバートを見下ろす。

「間にあった……とは」

……額に、何か載っている？　確かめようとすると、ティアに慌てて手を掴み止められた。

「だめ。それずっとかぶったままでいて。宮殿に戻って台座に置くまで」

珍しく強い調子で言われた。ゆっくりと体を起こすと、彼女は慎重な手つきでギルバートの

頭にそれを載せ直す。ひらり、花びらが一枚膝に落ちた。

「花の冠……か？」

「うん。サファイアと色石達を花で編み込んである。あなたの魔法の王冠だよ」

「まさかとは思うが、生花で王冠を作ったのか。そこらに生えてる花で？」

「そうだよ。よかった、思いつけて。よかった……、あきらめなくて」

彼女の背景の青空を、四十雀（しじゅうから）が横切っていく。眩しいほどの青空だ。随分と久しぶりに晴れた空を眺めた気がする。

馬車の脇には親友が乱雑に寝転がされている。顔色からして彼も息があるようだと、思いきり深呼吸してから肩を下げた。

御者台に投げ出された銀の腕輪が目に入った。腕輪は歪（ゆが）み、そこに煌めいていたはずの色石が一つもなくなっている。

ティアがした事を察して、息が詰まった。

「ティア、君は……」

「王冠似合うよ、ギルバート。とってもきれい」

そう言って笑う彼女の、澄みきった透明な笑顔。サファイアの放つ蒼い光よりも星の光よりも、春の花よりも眩しいこの笑顔。

ギルバートは喉を鳴らし、言葉にし尽くせない想いを全ていったん呑み下した。知る限りのどんな言葉を並べ立てても、彼女に報いることはできないと分かっている。

――けれど。

「……この世界で君が一番美しいよ。ティア」

心から零した言葉の欠片に、彼女は唖然(あぜん)として。そしてもう一度笑ってくれる。

小さな顔を両手で支え包むと、思い出したようにぼろぼろと大粒の涙を落とし、勢いをつけて首に縋りついてきた。

聖女――いや、あえて大魔女ゲアラハと呼ぼうか。

大魔女ゲアラハの時代から七百年、王位継承ごとに更新され続けてきた魔法の王冠（ギフテッド・クラウン）は、このたび無事に新しい王冠に更新された。

リアファル王国全土を侵（おか）した赤い光の穢（けが）れは、現代の魔女が編み上げた可憐（かれん）な花の王冠によって、再び沈黙し眠りについたのである。

住民、家畜、野生動物の被害状況は現在国が調査を続行しているが、甚大（じんだい）な被害を受けたのは各地の宝石工房であり、王立宝石工房関係者によると、在庫として保管していた宝石のほぼ全てが商品にならない状態であると――、

「イアン。大地の穢れだなんてお伽話はウチの新聞にゃ載せられないぞ。それに今はそんなのより戴冠式（たいかんしき）だろ、戴冠式！　新たな時代の若き王！　そっちの記事を書いてくれよ」

元気よく背中を叩（たた）かれ、イアン・エバンズは危うくペン先を折るところだった。

「覗（のぞ）き込まないでくださいよ、編集長」

――宝石のほぼ全てが商品にならない状態であるとの事。

イアンは続きにペンを走らせる。

しかしサファイアを中央に編んだ可憐な花冠は、魔女が定めた台座に安置され、今なお瑞々（みずみず）しく咲き誇っているのだ――。

ピリオドを打ったイアンは、原稿を今までの物と一緒に封筒に押しこめる。

「よし、おしまいっと。机を借りちゃってすみませんでしたね」

「なんだい、イアン。特ダネを売りに来たんじゃないのかね」

「この前の大臣達の醜聞（スキャンダル）ラッシュで充分でしょ。これはね――、あ、来た来た」

おはようございまぁすと新聞社の扉を開けて入ってきた青年に、イアンはすれ違いざま、封筒の束を押し付ける。

「編集長、この原稿は僕の親友に預けときますから、僕が死んだらお好きに」

「えっ、えっ!?　イアン、お前なんでこんなトコにいるんだよ！　だって明日……っ！」

イアンは唇に指を立てて彼の言葉を止める。

「じゃあな。楽しかった。ありがとな、いろいろ」

青年は我に返ったようにイアンをまじまじと見つめ――、「お前の幸運を祈ってるよ。俺の守護貴石（アミュレットジェム）と共に」と真剣な瞳で右手を差しだす。

固い握手を交わしてイアンは街に出た。

朝霧（あさぎり）の煙るいつもどおりの王都エリウ。街灯を消し終えた点灯夫が、梯子（はしご）をかついで歩み去っていく。

くたびれたボーラーハットをかぶりなおしながら、欠伸が出た。まだ疲れが抜けきっていない。

――あの日。イアンは仲間の助けを得て森から脱出した後、すぐに宮殿へとって返した。王冠を台座に安置する為には宮殿を制圧しておく必要がある。公爵大臣と刺し違えてでも、兄が王座に就く道を開くつもりだった。穢れているこの手を、兄の為に再び汚す覚悟はできていた。

だが――、公爵は勝手に自滅していたのだ。いや、あれは天罰か？

彼は現代の魔女の奪取を王兵に命じた後、自らはディアマン伯爵家に押し入ろうとした。おそらく〝失われた王太子のルビー〟の所在を捜して盗み出そうとしたのだ。あれでクレイグ王太子の生存が立証されてしまえば、次の王位継承権は再び審議が必要になり国が割れる。彼の画策は全て露と消える可能性すらあるのだ。

だが留守を任された家令は、頑なに門を開かず押し問答になった。いよいよ手勢を突入させようとした瞬間、公爵は突如として卒倒してしまった。

門前で倒れ伏したまま空を見上げた時、彼は確かに視たのだと。空を埋めつくす赤い流星と、その光球に浮かんだ怒れる魔女の顔を。心を病んだ彼は今、郊外の自宅でご静養中であらせられる。公爵が魔女を視て病んだという記事は、オカルト趣味のゴシップ誌しか買ってくれなかったが、浮気等々の醜聞記事は高額で売れたので、脱出を手伝ってくれた仲間達に山分けしてもらい、良い礼ができた。

しかし他には誰も、降りそそぐ赤い星なんてものは見ていないのだ。確かにあの日は王都に限らず、この国の全領土であらゆる災厄が発生した。嵐が引き起こした洪水、落雷による山火事、そして人間も獣も同時多発的に昏倒する事態が相次いだ。現在は学者達がこぞってその謎の解明に取り組んでいて、一説には「土中の燃石が、落雷の熱刺激で有毒ガスを発生させたのでは」とのことだ。

　イアンが面白く読んだ報告書には、国土の地表で燃石化した岩石が大量に発見されていると記されていた。あの日に起こった真実を知っているイアンには納得だ。おそらく燃石とは、あの穢れの光に灼きつくされた石の成れの果てなのだろう。今回発見されている新しい燃石は、使用に耐えないほど臭いがキツく質が悪いとの話だが、本当は人間達を殺すほどの毒となるはずだったモノが、王冠のおかげで浄化されたものの、まだ穢れが抜け切っていない——という事ではなかろうか。おそらく数百年経てばちょうど良い程度に薄まって、質の良い燃石になるはずだ。七百年前に穢れた石達がそうだったように。

　この国の人間は自分達への呪いの副産物を、知らず燃料として利用していたのかと思うと、何というしたたかさか、ゲアラハも驚き呆れているだろうと面白くなってしまう。

　さて、イアンが本当に書きたかった記事は、ギルバートとティアが、王立工房の一同に守られながら宮殿に帰ってきた時の光景だ。けれど花冠を戴いた美しい男が、愛らしい魔女を胸に抱いて馬で凱旋——なんて、それこそお伽話の絵面すぎて、記事を買ってくれる新聞社はなさそうだ。

　王冠の間にやっとの事で花冠を安置したギルバートは、イアンが「新王」と呼びかけて膝をつこうとしたのを、抱きしめて止めた。そして代わりに彼の方が膝を折ったのだ。

「私はディアマン伯爵の長男、ギルバート・セイナーです。この花冠と共に、今まで通りに貴方を傍らで支えていく」

正直、イアンにはまだ正答が分からない。この父殺しの穢れた手で王座に座していいものか。だが王権の弱体化した議会制の国で、我が兄は王座に就くよりも議会に籍を置くほうが民の為になるのは明らかだ。

「イアン！　明日、イアンとおんなじ名前の王子様が、王様になるんだってね！」

朝市を横切って歩くイアンに、コーヒー屋台の少年が手を振る。

「らしいね。コーヒー一杯ちょうだい」

「新しい王冠、オレらも見られるかなぁ。どんなのだろう」

「プラチナに、でっかいアクアマリンの王冠だよ。希望の星の王冠だ」

「へええ、すげぇな。新聞記者ってそんなのまで知ってんだ」

戴冠式で使う表の王冠はあれに決まった。エスモンドには「気を遣われた感が不愉快ですよ」とスネられたが、気を遣ったワケじゃない。素晴らしい王冠だと純粋に思う。個人的には、だが。

イアンはコーヒーをすすりながらポケットに手を突っ込み——、あれっと呻いた。

「ごめん。財布忘れた」

はあっと声を上げる少年の頭に、イアンは脱いだ帽子をかぶせてジャケットを肩にかける。

「やるよ」

「はぁっ？　今度は高すぎるよ！　イアンったら！」

叫ぶ少年に肩ごしに手を振り、通りへ出た。天を衝く尖塔から大魔女ゲアラハが人々を見下ろしている。

――父王は、王座に就く前までは優しい男だったと聞く。何があの人を変えてしまったのか、息子のイアンもギルバートもずっと分からなかった。

だがやっと理解できた。あの人はティアの母を懐柔できず、脅すつもりで牢に入れた隙に死なれてしまった。彼女の腹にいたはずの赤ん坊までも跡形なく、絶望したんだ。次の代の王冠は更新できず国が滅びる定めだ。ならばせめて植民地を増やして国民を外へ移すしかない。おそらくそう考えたのだろう。あの人は決定的に人として間違っていたが、必死に国を護ろうとしてはいたらしい。だが彼は己の罪に心を病み、お伽話も魔女も信じず怖いものなしだった弟公爵に上手く使われてしまった。全てを信じられなくなった晩年は不幸だったに違いない。そのうえ実際は、植民地を作ろうとも、その地にすら穢れは伝染し、ついに逃げ出す事は叶わなかったのだ。

歴代王が王立宝石工房を中心に宝飾産業を保護してきたのも、魔女の呪いに対する抵抗だったのだろう。王の手で魔法の王冠を作れるようになれば、もう穢れに怯えなくて済むのだから。

ゲアラハの呪詛があと何世代この国を脅かすのか分からない。しかし、イアンは挑むように彫像の彼女に呟いた。

「君達の許しが得られる日まで、僕らは間違えない。そして投げ出さないからね。ゲアラハ」

さぁ、明日から忙しくなる。

戴冠式を前に各国の国賓はもう入国している。そして明日の早朝は、なんとリアファル国王が急逝した事が告げられるのだ。防腐処理を施された「生き生きとした遺体」の彼は、本当に明日死んだように見えるだろう。そして息をつく間もなく王位継承の儀が行われ、恙なくこの国は続いていく。――そうせねばならない。

イアンはベストを引っぱって整え、魔女の見下ろす王都を歩きゆく。

己の戦う舞台を目指して。

※

「せっかく建て直したのに、全然変わらないねぇ」

「ううん。窓からすごい陽ざしが入ってきて、眩しいくらい明るいです」

「ああ、前は窓がぜんぶ蔦まみれで薄暗かったもんなぁ」

カウンターで新聞を読んでいた粉ひき職人の若者は、納得顔で笑う。

焼け落ちてしまった樫の木から東方面に十メートルほど移動して、具合の良さそうな巨木の下で「アシュリー守護貴石店」を再開した。

これが、ティアが魔法の王冠の褒賞として得た対価だ。看板が飾られた樫の木のツリーハウスは、小造りな間取りも質素な建具も前の家とそっくり同じだ。王様は豪邸に建て直そうと言ってくれたのだが、一人暮らしだし慣れた店が一番くつろげるから、結局こうなった。

彼の戴冠式を見守って森に戻ってきてから、もう半年になろうとしている。それでもまだ新しい木の香りや、日の出から燦々と射し込む朝日にいちいちビックリしてしまう。

ティアは若者の母親の為のネックレスを化粧箱に収めながら、ふふ、と笑った。

「あたしは薄暗いくらいのほうが落ちつきます。きっとここも、あっという間に蔦に呑みこまれちゃう。森が元気だから」

「……あんたはなんだか変わったねぇ。おれ、あんたが笑ったの見たのは初めてだ。前髪だらりってのは止めたのかい」

「前を見づらいって気がつきました。視界が明るい。作業しやすい」

「そりゃそうだろうよ」

若者はひとしきり笑ってから、ティアをじっと見つめてくる。ティアは首を傾けながら、カウンターに商品の箱と納品書を差し出した。

「はい、お待たせしました。お代は……、ちょっと待って。ペリドットの主石と脇のダイヤ含めて材料代、カッティング料、デザイン料、工賃もろもろ含めて三十八カーリグ――です」

「さっ……、」

銀貨一枚をカウンターに置こうとしていた彼は、サッと顔を青ざめさせた。

「いやいやいやティアちゃん、そりゃないよ。前はもっと安くやってくれたじゃん」

「今、王国全土で宝石が足りなくなってます。ホントはもっと値上げするところだけど、アシュリー守護貴石店はお値段すえおき、良心価格。それでも心配なお客様の為に、次回からはちゃんと契約書書いてから受注します、ご安心クダサイ」

ティアは誰かさんに暗記させられた文句を、棒読みになぞる。

若者は石臼に挽き潰された大麦みたいに、ぱちぱち目を瞬いた。

「あっ、そ、その納品書さ！　ケタが間違ってるんじゃないの？　見せてごらんよ」

彼はティアの手からメモを奪い取った。ティアが昨日の夜、何度も指で数え数え検算しなおした数字に目を走らせ、若者は空笑いの声を立てた。

「あー。よく見てよ。ここケタがちがうよ。三・八カーリグの間違いだよ」

「ええ、あたし間違った？　ごめんなさい」

指さされたところを覗き込むが、まだ両手で数えてみないと、とっさに計算できない。

彼はティアの手に銀貨二枚を置いて、きゅっと握らせた。

「気をつけなよ、ティアちゃん。お釣りはいらないからさ、ヒヤッとさせたお詫びに、これから一緒に町へ出ようよ。おれの母さんの誕生パーティに参加してもらいたいんだ」

「パーティ……。あたし、コルセット大嫌い」

「まさか！　そんな上等のパーティじゃないよ。本当にちょっとした家族だけのだから」

「でも今日はたぶん――、」

「そんな事言わずにさぁ」

若者はティアの手を握り、笑顔を鼻先に近づけてくる。最近こういう客が妙に多い。ティアが弱りきって後ろに身を引いたと同時、

「ぼったくるつもりなら、相応の覚悟をして来い。青年」

クリスタルの結晶ほど冷ややかな声に、ティアはパッと顔を輝かせ椅子から立ち上がった。

「いらっしゃい！　あ、ちがう。おかえり？」

「一週間ぶりだな。会いたかったよ、ティア」

ハットを取った新客は臆面（おくめん）もなくティアを抱き寄せる。青年のほうは突如現れた客と、新聞の一面を飾る写真を、凄（すさ）まじい速さで交互に見比べる。

男は青年の手から納品書を取り上げると、目を通して、ふんと鼻を鳴らした。

「さて。計算ができないのは誰だろうな？」

「おれです……、い、いえっ、私でございます、ディアマン卿（きょう）！」

ひっくり返りそうになりながら、若者は財布をカウンターに置いて二人から遠ざかる。

「な、な、なんでティア、伯爵様と知り合い、」

「看板の紋章を見なかったか？　ここはディアマン伯爵の妻、ティア・アシュリー＝セイナーの店だ」

妻ァ!?　と頓狂（とんきょう）な声をあげた彼に、ギルバートは満足げに頷（うなず）く。

「あ、あの、足りないぶんは今度、あらためて、必ず」

彼は全身を冷や汗まみれにしながらギクシャクとおじぎをすると、店から飛び出していった。

「ギルバート。やっぱりあの紋章は外そうよ。みんな驚いちゃう」

「ようやく本当の新婚生活に踏み出したのに別居だぞ？　哀れな夫の我儘くらい容れてくれ」

そう言いながらも毎週末やってくる彼は、土産の品を従者に運び込ませてアッという間に小さな台所をいっぱいにしてしまう。

彼は揺り椅子に腰をおろすや否や、従者を帰らせてしまった。

「イアンさんは元気？」

「ああ。そろそろティアの笑顔が見たくて倒れるとか、毎日呻いていらっしゃる。エスモンドも新式の旋盤を手に入れたから、君の意見をもらいたいと――、」

「あ、来たよ。エスモンドさん。ちょうど昨日」

「…………来た、だと？」

ティアは頷き、エプロンを畳んで椅子の背に掛ける。

「クラウンジュエラーの人達と来て、店の設備を見て帰っていった。燃石ガスのタンクも持ってきてくれたんだ。とても助かる。そう、その新しい旋盤もくれたんだよ！」

新式旋盤の説明を始めたティアの腰を、ギルバートがしりと捕まえて自分の膝に乗せた。大きく揺れる椅子に、ティアはうわっと声を上げる。

「聞いてる、ギル？」

「聞いてるよ。妬いているだけさ」

背中から甘い声を吹き込まれ、ティアは顔を真っ赤にして身を震わせる。

「ところで奥様。今日は旅行のお誘いに来たんだ。議会も休会期間に入ったし、一緒にマナーハウスへ……と思ったが。やめて新大陸に行かないか。新婚旅行だ」

「新婚旅行に？」

ギルバートと旅行か。胸が高鳴るが、行く先が新大陸という事は船旅になるんだろう。その前に鉄道も乗るかもしれない。彼とずっと一緒にいられるのは楽しいだろうし嬉しいけれど——、新大陸まで行って帰ってじゃ一週間ではきかないだろうなと、ティアは一息に考える。

「無理だよ。あたし、そんなにお店をほっとけない」

「そうか？　しかし今回の騒ぎでほぼ失ってしまった先祖のコレクションを、君の代で使い尽くすわけにもいかないだろう。これからの為には増やしておかねば」

「もちろんそうだけど……。新婚旅行に関係ある？」

「実は、新大陸で新しい宝石の鉱脈が見つかった。石は皆無事なようで、エメラルドに似たラズベリー色の石だと」

ティアはひゅっと息を吸い込み、彼の膝から飛び降りた。

「行く!!」

全力で頷いたティアに、ギルバートが眉を上げる。

「そう言うと思っていたよ。まったく君らしい」

現金だったかなと反省する間に、再び彼に捕まえられてしまった。腕の中から見上げると、まぶたに彼の唇が触れた。くすぐったいと笑うと、今度は——くちびるに。

――えっ？

ティアはがばっと勢いよく身を離す。

「な、なに、今の」

柔らかな、甘い感触。ティアは自分の唇に指を当て、全身を心臓にして身を震わせる。

「なにって、…………キスだよ」

「キスって、だって、手にするヤツじゃないの。前のイアンさんはそうだったよ。あたし、こんなの知らないっ」

こんな、ベリーのプディングよりも甘いもの。

彼は目を大きくした後で――、

「そこからか。いや、そんな気はしていた」

夫が深刻に手で顔を覆ってしまったから、ティアは恐る恐る覗き込む――と、

「笑ってる！」

「バレたか」

手を外した彼は、ハハッと声を上げ、顔を皺にして笑う。サファイアの瞳が星のように煌めいて、またからかわれたと怒るつもりが……、そんな楽しそうに笑われたら怒れるわけがない。

ティアは息をつき、自分から彼の膝に座りなおした。いつもの定位置だ。

「あたしね、幸せだよ。ギル。あなたがいるから」

「俺もだよ、ティア。君がいる」

ギルバートは笑うのをやめて静かにティアを見下ろした。改めて抱き込んでくれる優しい腕に、鼻先をすり寄せて笑い合う。

新婚旅行はきっと楽しい。新しい宝石との出会いにも胸がときめく。

だがティアには何より、この人のこのサファイアの瞳の輝きが、一番の宝物だ。

あとがき

はじめまして、あさばみゆきです。

一迅社文庫アイリス様に初めてお邪魔しまして、心臓がバクバクしております。

本作をお手に取ってくださりありがとうございます。

このお話は、石しか友達のいない野良宝石士の少女ティアが、王冠を作る「伝説の魔女」役に抜擢され、麗しき伯爵に誘拐されて結婚するハメになる——という、職人少女の奮闘劇&恋愛物語です。

宝石職人の手仕事、救国の魔女伝説、身分差と年令差（そして身長差）の恋など、作者が大好きな要素をぎゅぎゅっと詰め込ませていただきました。

ティアは王国の言葉が不得意で口調もたどたどしく見た目も幼い為、「夫」となった伯爵ギルバートに年端もいかぬ少女と勘違いされ、「妻」なのに子供扱いを受けていますが、実は既に十八歳、王国ではしっかり成人している年齢でございます（笑）。

暫定夫婦のすれ違いやときめきに、ニヤリとしていただけたら嬉しいです。

さて、作中登場人物にイメージしている宝石は、ティアがムーンストーン、ギルバートはサファイア、イアンはサンストーン、エスモンドはアメシストです。

ムーンストーンはその霞のような優しげな輝き方から、恋人達に優しい愛を抱かせる石として恋のお守りに使われるそうです。サファイアは「王の石」と呼ばれ、古来の王がサファイアの首飾りを身に着け、危険から身を護ったと言われています。サンストーンが知られるようになったのは比較的最近だそうですが、ネイティブアメリカンの伝説によると、偉大な戦士の血が染めた石との事。

直感で決めたイメージ宝石ですが、なんとなく四人のキャラに合っているなとほくそ笑んでいましたが――、アメシストの効能の伝承は「酔い覚まし」。エスモンドのしかめっ面が脳裏を横切りました。ギリシャ語では「amethystos（アメシストス）」。そのまま「酒に酔ってない」という意味だそうです。あ、ですがもちろん他にも伝説はありまして、商才を授けるとか頭脳明晰になるなどなど……。これで某宝石工房長は溜飲を下げてくれたでしょうか（笑）。

もしお好きな石のお話や、本書へのご感想などお手紙いただけましたら、とてもとても嬉しいです。何よりページを開いてくださった皆様に楽しい時間をお送りできていたら、一番の幸せです。ここまでお読みくださりありがとうございました！

感謝の気持ちを込めて、本編後の二人の小話をこの後に載せさせていただきます。

※

ギルバートが手袋を外して袖をまくるのを、ティアはちらちらと盗み見てしまう。

森のあばら家の雑然とした厨房に、美しき伯爵様がすっくと立っている。しかも彼はへらを取り、ルバーブのジャムを煮詰めるのを手伝ってくれているのだ。なんという違和感。ディアマン卿が作ったジャムなんて、口にするのも畏れ多い気がする。

森での逃避行中に手料理を振る舞う約束をしていたのだが、ギルバートは週末訪ねて来る度に都会の食料品を山ほど積んでくる。その為ティアが食事の際に用意するのは紅茶くらい。しかもその茶葉も、土産の王室御用達高級茶葉だ。

そんな至れり尽くせりの週末を幾度も過ごし、ティアはとうとう「朝ごはんくらい何か作るよ」と申し出た。するとギルバートは蒼い瞳を輝かせ、「是非とも」と。

……まさかだが、彼の方もタイミングを計っていたのかもしれない。

そしていそいそ厨房で燃石を点けていると、伯爵様はいつの間にか隣に並び、手伝い始めたという訳だ。

クレープの生地を混ぜながら横目に盗み見ると、向こうも見下ろしてくる。

その柔らかな笑みに、ティアは耳まで赤くなってしまう。

「……ええと、そのね。ギルバートは甘いの好き？　そのジャム、おばあちゃんのレシピで砂糖多め。でもクレープの生地の方は塩バターで焼くから、しょっぱめになる。甘じょっぱいの、あたしは好きなんだけど」

「甘い物はそれほどだが。しかし、君がいつも食べている物を食べてみたいな」

「う、うん。わかった」

視線が甘い。言葉も甘い。エスモンドが今の彼を見たら砂を吐くのではなかろうかと、ティアは思わず玄関の戸口のほうを確かめる。

「ギルバートって、伯爵様なのにお料理もするんだね？」

「しないな。厨房に立つこと自体、今が初めてだ」

「えっ」

「ところでこのジャムは、どこまで煮詰めるのが正解なのかね」

胸が落ち着かなくて彼の手元を見ていなかったが――、

「焦げてるよ！」

うわあああっと叫んで鍋を火から外し、溜めていたボウルの水へ鍋底を突っこんだ。音を立てて水蒸気が上がり、ジャムは不平を呟くように小さな泡をぷくりと弾く。

「……すまない。慣れない事をするもんじゃないな」

「……ギルバート、王子様で伯爵様だもんね」

白い霧を噴く鍋を挟んで、見つめ合う。

せっかくのルバーブは茶色い飴色になり、焦げたにおいが鼻をつく。

なんだかおかしくなってきてしまって、プッと同時に噴き出した。

もちもちのクレープに、しっかりした甘さと酸味の爽やかなルバーブのジャム。

焦げた部分を避けて嵩が半分程に減ってしまったが、代わりにベリーの実とホイップを添えた。

かえって豪華になったと笑いながら食べてくれる「夫」が、窓から射しこむ朝陽に煌めいて、本当に美しくて……愛しくて。

ティアは目を瞬き、喉を詰まらせた。

北の森の家がこんなにも幸せな光で満ちる日が来るなんて、思ってもみなかった。

「ティア？」

フォークの手を止めたティアを、蒼い瞳が覗き込んでくる。

向かいの椅子から腰を浮かせたギルバートは、壊れ物に触れる優しさでティアの頬を包む。目の下を拭った親指が、涙で濡れた。

――魔女の血族の滅びの子。魔女がこぼした涙の、最後の一滴。

でも今の涙は違う。

微笑んだティアの目尻に落とされたキス。そして唇にも。

「……焦げた味がするね」

心臓までとろけてしまうような甘さに、いつかは慣れる事ができるのだろうか。

照れ臭くて呟いたティアの感想に、ギルバートが笑う。

「俺には、君のすべてが甘いよ」

※

それでは最後になりましたが、謝辞を。

煌めき輝く装画、挿絵をくださった豆の素先生、きらきらと光を放つようなティアとギルバートが眩しくて、思わずファイルを閉じたり開いたりを繰り返してしまいました。お忙しい中、素晴らしいイラストをありがとうございました！

そして初稿から迷走する私を丁寧にご親切に導いてくださった編集担当様、本書の製作に携わってくださった皆々様に、心から感謝申し上げます。

ＨＰ（https://note.com/asabamiyuki）やTwitterには、新刊既刊情報など掲載しております。宜しければ遊びにいらしてくださいませ。

また、皆様にお会いできますように。

奥様は伯爵家の宝石士
魔法の王冠を納品するまで離縁は無理そうです

2021年8月1日　初版発行

著　者■あさばみゆき

発行者■野内雅宏

発行所■株式会社一迅社
〒160-0022
東京都新宿区新宿3-1-13
京王新宿追分ビル5F
電話03-5312-7432(編集)
電話03-5312-6150(販売)

発売元：株式会社講談社
(講談社・一迅社)

印刷所・製本■大日本印刷株式会社

DTP■株式会社三協美術

装　幀■世古口敦志・前川絵莉子
(coil)

ISBN978-4-7580-9382-8

●この作品はフィクションです。実際の人物・団体・事件などには関係ありません。

この本を読んでのご意見
ご感想などをお寄せください。

おたよりの宛て先

〒160-0022
東京都新宿区新宿3-1-13
京王新宿追分ビル5F
株式会社一迅社　ノベル編集部
あさばみゆき 先生・豆の素 先生

悪役令嬢だけど、破滅エンドは回避したい――

『乙女ゲームの破滅フラグしかない悪役令嬢に転生してしまった…1』

著者・山口 悟
イラスト：ひだかなみ

頭をぶつけて前世の記憶を取り戻したら、公爵令嬢に生まれ変わっていた私。え、待って！　ここって前世でプレイした乙女ゲームの世界じゃない？　しかも、私、ヒロインの邪魔をする悪役令嬢カタリナなんですけど⁉　結末は国外追放か死亡の二択のみ⁉　破滅エンドを回避しようと、まずは王子様との円満婚約解消をめざすことにしたけれど……。悪役令嬢、美形だらけの逆ハーレムルートに突入する⁉　破滅回避ラブコメディ第１弾★